rororo

rororo

Felix Huby, mit bürgerlichem Namen Eberhard Hungerbühler, wurde 1938 in der Nähe von Tübingen geboren. Nach einigen Jahren als Stuttgarter *Spiegel*-Korrespondent begann er 1976 Kriminalromane zu schreiben. Mit dem schwäbischen Gemütsmenschen Bienzle schuf er einen der beliebtesten deutschen Krimihelden. Außerdem verfaßte er Sachbücher, Kriminalromane für Kinder und zahlreiche Drehbücher (u. a. «Oh Gott, Herr Pfarrer», «Gute Zeiten, schlechte Zeiten», «Ein Bayer auf Rügen» und mehrere «Tatorte»). Huby lebt mit seiner Frau in Berlin.

«Felix Hubys Romane sind Erkundungsreisen in die schwäbische Volksseele, dort, wo sie noch ursprünglich ist und nicht bloß fernsehgerechte Touristenattraktion.» (Rudi Kost, Krimikritiker)

Felix Huby

BIENZLE und der CHAMPION

Rowohlt Taschenbuch Verlag

rororo thriller

Herausgegeben von Bernd Jost

Originalausgabe
Veröffentlicht im Rowohlt Taschenbuch Verlag
GmbH, Reinbek bei Hamburg, April 1999

Redaktion Wolfram Hämmerling
Umschlaggestaltung Notburga Stelzer
(Foto: ZEFA-Glenister)
Satz Bembo und DIN-Engschrift Alternate
PostScript (PageOne)
Gesamtherstellung Clausen & Bosse, Leck
Printed in Germany
ISBN 3 499 43336 2

1 «So nicht!» Bienzle schüttelte den Kopf. Gächter sah ihn an. Jetzt konnte es dauern, bis der leitende Hauptkommissar herausließ, was er «so» nicht wollte.

Schneekriesel wurden von einem böigen Wind gegen die Scheiben geworfen. Bienzle, der ans Fenster getreten war, brummte: «Bei so einem Wetter jagt man nicht amal einen Hund auf d'Straß!»

Das konnte er nicht gemeint haben.

Der Schneeregen fror sofort an, sobald er die Erde erreichte. Drunten auf dem Polizeiparkplatz geriet ein Dienstwagen ins Schleudern und prallte gegen die Begrenzungsmauer.

«Idiot!» kommentierte Bienzle.

Am anderen Ende des Parkplatzes begann ein Mann in einem grauen Arbeitsmantel mit einer Schippe Sand von einer Schubkarre zu schaufeln und in weiten Bögen auf das spiegelglatte Eis zu streuen.

Bienzle wandte sich Gächter zu: «Sie hat g'sagt, sie meldet sich, aber jetzt hat sie seit sechs Wochen nichts von sich hören lassen. Ich werd schier wahnsinnig. Die letzte Nacht hab ich wieder kein Auge zugemacht! So geht das doch net weiter. So nicht!»

Jetzt war's raus. Es ging um Hannelore Schmiedinger, Bienzles Lebenspartnerin oder eben nicht mehr Lebenspartnerin. Erst hatte sie etwas mit dem Gerichtsmediziner Dr. Hermann Kocher angefangen, dann war sie ausgezogen. Bienzle war seitdem nicht mehr zu genießen.

«Und wir sitzen rum, drehen Däumchen …», maulte Bienzle.

«Davon träumt doch jeder Beamte bei der Mordkommission», meinte Gächter.

«I net!»

«Also, mir wird's nicht langweilig!» Und als ob er das Gegenteil beweisen wollte, begann Gächter mit geschickten Fingern Zigaretten auf Vorrat zu drehen.

«Mir scho!» Bienzle nahm eine Zeitung, schlug sie auf und faltete sie fast im gleichen Moment wieder zusammen. «Älles Käsdreckzieherei!»

Die Wolken über dem Killesberg wurden immer dunkler. Jetzt fielen schwere Flocken vom Himmel, sie stürzten förmlich zur Erde.

2

Das Zimmer von Peter Michalke, den alle nur Piet nannten, lag über dem Boxcamp. Früher war es eine Abstellkammer gewesen. Die Wände waren mit Bildern aus Michalkes großen Zeiten und mit Plakaten für seine Boxkämpfe tapeziert. Auf einem Bord standen Pokale, darüber hingen seine Siegerkränze aus verstaubtem Lorbeer. Der Raum lag im Halbdunkel, ein wenig Licht kam von einer kleinen Nachttischlampe und vom Bildschirm des Fernsehers. Piet lag im Trainingsanzug auf dem Bett. Er war eingeschlafen.

Der Ton des Fernsehers war zurückgedreht, dennoch war die Stimme des Reporters leise zu hören: «Piet Michalke bestimmt den Kampf. Er macht das Tempo. Seine Deckung ist noch genauso kompakt wie in der ersten Runde, und seine Schläge bereitet er sorgfältig vor. Dieser Mann ist der intelligenteste Boxer, den ich seit langem gesehen ha...»

An dieser Stelle unterbrach sich der Reporter entsetzt. Auf dem Bildschirm war in Großaufnahme zu erkennen, warum: Ein überraschender Schlag traf Piet Michalke am Kopf. Der Treffer riß ihn förmlich von den Beinen.

Piet warf sich unruhig auf seiner Matratze hin und her und richtete sich dann abrupt auf. Er starrte auf den Bildschirm. Der Reporter hatte seine Stimme wiedergefunden: «Mein Gott, mit diesem Schlag hat keiner gerechnet. Sechs Runden lang bestimmt Piet Michalke das Geschehen, und dann fängt er sich in der siebten so einen Konter ein ...!»

Auf dem Bildschirm wurde Michalke angezählt, kam bei «neun» wieder hoch und stürzte sich mit offener Deckung auf seinen Gegner. Die Fausthiebe prasselten nieder wie ein Hagelschlag. Michalkes Gegner taumelte.

In diesem Moment stellte Piet mit der Fernbedienung das Videogerät ab. Auf dem Bildschirm erschienen die Bilder eines Softpornos. Piet schaltete auch das Fernsehgerät aus und ließ sich mit einem Stöhnen auf den Rücken fallen.

Vom Hof drangen leise Stimmen und Geräusche an sein Ohr. Michalke sprang mit einem Satz auf beide Beine und ging zu dem Fenster, durch das man auf den Hof hinabschauen konnte. Die Scheibe war angelaufen, und die Schneeflocken bildeten einen dichten Vorhang. Mit dem Unterarm wischte Piet einen Ausguck frei. Undeutlich konnte er im nächtlichen Hof den Pickup sehen, den er oft selber fuhr. Zwei Männer hievten ein Bündel auf die Ladefläche und warfen eine Plane drüber. Für einen Moment glaubte Piet, unter der Plane einen leblosen Körper gesehen zu haben. Einer der Männer, in dem Piet nun Jan Conrad Riewers erkannte, den alle hier nur Jaco nannten, sprang ins Führerhaus, der andere öffnete das Tor und stieg dann auf der Beifahrerseite ein.

Piet konnte sich keinen Reim darauf machen, was Jaco mitten in der Nacht mit dem Pickup vorhatte. Er schüttelte sich wie ein Hund, der das Wasser aus seinem Fell loswerden will, und kehrte zu seinem Bett zurück. Er ließ das Videoband zurücklaufen. Morgen würde er sich den gleichen Film wieder anschauen, so wie er ihn auch gestern und vorgestern und alle Tage zuvor angesehen hatte.

Es war sein letzter Kampf gewesen – vorerst!

Damals war er auf dem Höhepunkt gewesen. Damals? Es war jetzt gerade dreizehn Monate her. Tim Fire war eigentlich nicht mehr als ein besserer Sparringpartner gewesen. Die Wetten hatten 28 zu 1 gestanden. Für Piet. Als er sich einen stärkeren Gegner gewünscht hatte, war er von seinem Manager Rico Rottmann belehrt worden, daß die noch früh genug kämen. Zuerst wollten sie eine lupenreine Siegesserie aufbauen. Dies war sein sechsundzwanzigster Profikampf. Die fünfundzwanzig davor hatte er alle gewonnen. Sechzehn durch k.o.

Dann die ersten Runden – ein Abtasten. Tim Fire hatte nur die Deckung hochgehalten. Kaum ein Schlag kam von ihm, und wenn einer kam, war es nicht mehr als ein Wischer. Piet hatte sich vorgenommen, den Gegner in der achten Runde auf die Bretter zu schicken. So lange wollte er mit ihm spielen wie die Katze mit der Maus, wenn er schon nicht richtig gefordert wurde.

In der siebten Runde dann – vielleicht war er nachlässig geworden, weil's ihm der Gegner so leichtmachte – geschah es. Fire schlug zwei kurze Haken an den Körper. Rechts, links. Eine blitzsaubere Doublette. Für einen Augenblick blieb Piet Michalke die Luft weg. Zum erstenmal ließ Fire dabei seine Deckung außer acht, aber Piet reagierte zu spät. Die Strecke zum Kinn Fires wäre frei gewesen. Statt dessen steppte Piet Michalke zwei Schritte zurück. Er mußte erst wieder richtig Luft kriegen. Überraschend folgte ihm Fire und schlug eine Gerade, die Piet auf das Jochbein dicht unter dem linken Auge traf. Der Schlag hatte eine ungeheure Wucht, so, als hätte Fire in den vorherigen Runden alle Kraft für diesen einen Schlag aufgespart. Piet spürte, wie er nach hinten gerissen wurde. Seine Knie knickten ein. Tatsächlich, seine Beine trugen ihn nicht mehr. Vor seinen Augen wurde es schwarz. Piel fiel. Für einen kurzen Moment verlor er das Bewußtsein. Im Mund hatte er den Geschmack von Blut. Dann hörte er die Stimme des Ringrichters: «Eins – zwei – drei ...» Dahinter das Johlen des Publikums und Ricos Zurufe: «Auf, Mann, komm hoch, du liegst meilenweit vorne. Du schaffst das! Piet, du schaffst das!»

Er sah wie durch einen roten Schleier die Beine des Ringrichters. «Fünf – sechs ...» Piet kam auf die Knie. In einer reflexartigen Bewegung stieß er mit dem Daumen den Mundschutz zurück, der sich gelöst hatte. Er setzte einen Fuß auf. «Sieben – acht ...» Piet stand wieder.

Er sah in das triumphierende Gesicht seines Gegners. Plötzlich war der rote Schleier weg. Piet fühlte sich seltsam leicht. Mit zwei langen Schritten war er wieder am Mann, als der Ringrichter das Kommando «Boxen!» gab. Seine ganze Wut steckte in dem ersten Schlag, der krachend am Kinn des Gegners landete. Tim Fire riß die Augen auf. Ein erstaunter Blick. Seine Deckung war noch nicht wieder oben, da landete Piet eine schnelle Links-rechts-Kombination an der Stirn Fires und ließ sofort einen Leberhaken folgen. Um seine eigene Deckung kümmerte sich Michalke nicht mehr. Die Schläge hagelten auf Fire nieder. Dessen Gegenwehr brach völlig zusammen.

Es dauerte genau vierzig Sekunden, da hatte Piet Michalke seinen Gegner am Boden. Die Arme zur Decke gereckt, kehrte er in seine Ringecke zurück. Im Hintergrund hörte er das «Neun – zehn – aus!» des Ringrichters und den Jubel der Menge. Sie skandierten seinen Namen: «Mi – chal – ke ... Mi – chal – ke ... Mi – chal – ke». Doch plötzlich war es, als packten ihn zwei schwere, übermächtige Hände und drückten ihn gnadenlos in die Knie. In seiner Ringecke brach Piet Michalke zusammen. Er verlor für lange Zeit das Bewußtsein.

Nach einer Notoperation hatte er vierzehn Tage im Koma gelegen, und als er wieder zu sich kam, war er zunächst halbseitig gelähmt. Sein Gehirn erwies sich als schwer geschädigt. «Ende einer Karriere», schrieben die Sportjournalisten. «Der deutsche Boxsport muß eine seiner großen Hoffnungen begraben.» Eine Fernsehanstalt, die einen Vertrag mit Michalke unterschriftsreif vorgelegt hatte, zog ihr

Angebot sofort zurück. Niemand rechnete damit, daß Piet Michalke jemals wieder einen Boxring betreten würde. «Das endgültige Aus!» hatte die *Bild*-Zeitung schon am nächsten Tag auf der ersten Seite getitelt. «Ein K.o. fürs Leben!» Daneben ein Bild, das Piet zeigte. Wie tot lag er im Ringstaub.

Acht Monate später brachte die gleiche Zeitung ein anderes Bild: Piet Michalke stand in Boxershorts, die Fäuste in glänzend roten Boxhandschuhen, mitten im Ring. Daneben stand die pathetische Titelzeile: «Ein Mann steht auf!»

Tatsächlich war Piet Michalke überraschend schnell wieder auf die Beine gekommen. Er trainierte mit einer unglaublichen Verbissenheit, oft sechs, sieben Stunden am Tag. Wahrscheinlich waren seine Schläge jetzt härter als je zuvor, seine Beinarbeit hatte sich stark verbessert. Nur sein Auge war noch nicht wieder so schnell wie früher. Und seine Stimmungen schwankten. Meistens war er ein gutmütiger Mensch, aber er konnte auch urplötzlich von einem beängstigenden Jähzorn erfaßt werden. Zudem litt er unter einem schwer angeschlagenen Kurzzeitgedächtnis.

3 Die ganze Nacht hatte es weiter geschneit, und auch jetzt, in der frühen Morgendämmerung, fielen die Flocken noch dicht und schwer. Der Scheibenwischer vor dem Fenster der Kommandobrücke schaffte es kaum mehr, die Schneemassen zur Seite zu schieben. Die MS Erika fuhr in die Canstatter Schleuse ein. Noch zwei Kilometer bis zum Hafen.

Der Schiffer Wuttke aus Duisburg stand am Steuer und kaute auf einem kalten Zigarrenstummel herum. Bei so schlechter Sicht fühlte er sich in der Schleusenkammer nicht wohl. Überhaupt mochte er den Neckar bei Stuttgart nicht. Wuttke konnte die ganze Gegend nicht leiden, und mit den Schwaben hatte er auch nichts im Sinn.

Auf einmal spuckte er den Zigarrenstummel in weitem Bogen aus. Einen Augenblick war er wie gelähmt. Einen Augenblick zu lang! Der Mann, der da draußen an einem dicken Seil unter der Schleusenbrücke baumelte, klatschte gegen die Frontscheibe der Kommandobrücke. Wuttke stieß einen langen Fluch aus und zog den Hebel auf «Volle Kraft zurück». Wasser rauschte auf. Das Schiff schien einen Moment lang zu torkeln. Der Körper vor dem Fenster löste sich von der Scheibe und drehte sich nun hin und her wie eine Vogelscheuche im Wind.

Wuttkes Frau Hertha, die gerade in der Kombüse das Frühstück vorbereitet hatte, kam an Deck. Sie schlug vor Schreck die Hände vor den Mund, tat dann aber doch resolut das Notwendige. Hertha warf das Haltetau über einen Poller und zog das Schiff Hand über Hand an die Schleusenwand heran. Sie war eine stämmige Frau und nahm es, wenn es sein mußte, mit jedem männlichen Schiffer auf.

«Muß ja ein ganz schöner Schreck für Sie gewesen sein», sagte Bienzle eine halbe Stunde später. Er stand breitbeinig an Deck des Motorschiffes, den breitkrempigen Hut tief in die Stirn gedrückt, auf den Schultern schon kleine Schneeberge, die Hertha Wuttke – «Darf ich grade mal, Herr Kommissar, oder wat Sie sind?» – mit der flachen Hand herunterwischte.

Auf der Brücke hatten zwei uniformierte Beamte damit begonnen, das Seil zu lösen.

«Langsam ablassen!» rief ihnen Gächter zu, der am Ufer dicht bei der Brücke stand. Aber das Seil war von Eis überzogen, und die Hände der Polizisten waren klamm vor Kälte. Der Körper des Erhängten rauschte ins Wasser und mußte umständlich von einem Schlauchboot aus geborgen werden.

«Wenn ihr ihn nicht ins Wasser getunkt hättet, wär's einfacher», sagte Dr. Hermann Kocher ein paar Stunden später in der Pathologie des Polizeipräsidiums. Er war genauso schlecht gelaunt wie Bienzle, hatte er sich doch eigentlich für diesen Tag frei nehmen wollen, um eine Wanderung auf der Schwäbischen Alb zu machen. Bienzle vermutete, daß Hannelore Schmiedinger den Pathologen begleitet hätte, und freute sich klammheimlich, daß der Mediziner nun festgehalten wurde.

Aber dann fragte Kocher plötzlich: «Wie geht's denn der Frau Schmiedinger? Ich hab lang nix mehr von ihr g'hört.»

«Ja, ich denk, sie wohnt bei Ihnen!»

«Schön wär's», sagte Kocher und zog seine Untersuchungsergebnisse zu sich heran. «Der Mann ist zuerst stranguliert und dann erhängt worden. Stranguliert wurde er in einem Raum mit mindestens 22 Grad Innentemperatur und mit einem Strick, der einen anderen Durchmesser hatte als das Seil, an dem man ihn von der Brücke hinuntergelassen hat. Außerdem war der Durchmesser variabel ...»

«Wie ‹variabel›?» wollte Gächter wissen.

«Der Strick war an einer Stelle verdickt, will ich mal sagen ... Er war aus einem Hanf-Kunststoff-Gemisch. Das Seil unter der Brücke besteht aus reinem Hanf ... Todeszeitpunkt vermutlich zwischen null Uhr dreißig und zwei Uhr in der vergangenen Nacht. Übrigens kenn ich den Mann!»

Bienzle fuhr zu Kocher herum. «Und das fällt Ihnen jetzt erst ein?!»

Kocher zuckte die Schultern. «Wir sind zusammen bei den Schlaraffen ... gewesen, muß man ja jetzt wohl sagen. Direktor Dr. Gerald Wanner, Vorstandsmitglied der Heimat- und Bodenbank.»

Bienzle ging wortlos hinaus.

4 Vormittags war nicht viel los in Rico Rottmans Boxcamp. Das erste Training begann erst um elf Uhr, und jetzt war's kurz nach neun. Ein paar Boxer wärmten sich schon auf, unter ihnen auch Piet Michalke, der am Morgen stets als erster in die Trainingshalle kam. In der Bar, die an der Rückseite der Halle durch eine einfache Wand abgetrennt war, sah man durch die offene Flügeltür Ilona Bergmann Gläser abwaschen. Ilona war eine kräftige, blonde junge Frau, die sich bei den Männern hier rasch Respekt verschafft hatte.

Piet machte eine Pause und ging zu ihr hinüber, ein Handtuch im Nacken, mit dessen Zipfeln er sich den Schweiß von der Stirn wischte. Er zapfte sich ein Bier.

Ilona nahm ihm resolut das Glas aus der Hand. «Piet, laß doch den Scheiß. Du weißt genau, daß du's nicht verträgst.»

Piet Michalke schaute sie treuherzig an. «Eins schadet nicht!» Er trank gierig. Als er das Glas absetzte, sagte er: «Weißt du, daß ich bei dem Kampf gegen Recciano damals neuneinhalb Liter Flüssigkeit verloren habe? In zehn Runden à drei Minuten!»

«Und die füllst du jetzt immer noch nach?» Ilona lachte.

Aber Piet blieb ernst. «Na ja, ich trainier ja auch immer noch wettkampfmäßig. Da», er spannte seinen Bizeps, «fühl mal.»

Ilona tat ihm den Gefallen. Er umfaßte sie ungeschickt und wollte sie an sich ziehen. Ilona wehrte ihn ab, blieb aber freundlich dabei.

«Nicht, Piet. Du weißt, ich mag dich, aber nicht so.»

Piet reagierte mit einer Art Übersprungshandlung, indem er ansatzlos dazu überging, ein paar Schattenboxschläge in die Luft zu hauen, wobei er sich schnell mit einigen Sidesteps von Ilona entfernte.

Die Tür zu den Büros neben der Bar ging auf. Nadja kam herein. Sie war die Freundin des Chefs, arbeitete als dessen Sekretärin, spielte aber am liebsten die Prinzipalin – eine zierliche, gut gebaute Blondine in einem knappen Shirt, unter dem sie erkennbar nichts trug. Ihr Rock war eine Art verbreiterter Gürtel. Dazu trug sie gefährlich hochhackige Schuhe. Als sie versuchte, unter Piets fliegenden Fäusten hindurchzutauchen, wäre sie um ein Haar von ihren hohen Absätzen gekippt.

«Bist du blöd oder was?» herrschte sie Piet an. «Los, fahr mal schnell zum Expreßgut. Die Bandenwerbung für den Großkampftag ist da. Und bei der Werbeagentur Schmiedmaier holst du dann gleich die Werbemittel von den Sponsoren. Unterwegs wirfst du das hier bei der Bank ein, ja?» Sie gab Piet einen Umschlag. «Und bitte vergiß nicht wieder die Hälfte. Rico war gestern ziemlich sauer.»

Piets Augen verengten sich zu Schlitzen. Er trank sein Glas vollends aus, ohne Nadja auch nur eine Sekunde aus dem lauernden Blick zu verlieren.

«Und beeil dich ein bißchen», schob die kleine Blondine nach.

«Du hast wohl vergessen, wer ich bin», sagte Piet leise.

Nadja lachte nur auf, wandte sich ab und wollte wieder hinaus. Aber Piet Michalke packte sie an der Schulter und wirbelte sie herum. Im gleichen Augenblick kam Jan Conrad Riewers, den alle nur Jaco nannten, herein.

Piet Michalke schrie Nadja an: «Ich bin der Champion! Noch immer bin *ich* der Champion!»

Jaco ging zu ihnen und legte seinen Arm von hinten um Piets Kehle. «Laß sie in Ruh, ja?»

Piet schob Jacos Arm mühelos weg. «Sie hat mir gar nichts

zu sagen. Sechsundzwanzig Profikämpfe, fünfundzwanzig gewonnen. Sechzehn durch K.o.!»

Jaco verzog sein Gesicht zu einem häßlichen Grinsen. «Lang vorbei! Jetzt bist du Rico Rottmanns Schlattenschammes und weiter nichts. Und nu mach endlich, was die Nadja gesagt hat!»

Piet starrte Jaco an. Das wirkte zuerst nur dumpf-lethargisch, aber als Jaco dann noch sagte: «Ja, wird's bald, Gorilla?», landete Piet Michalke eine blitzsauber geschlagene Gerade an dessen Kinn. Jaco taumelte rückwärts durch den ganzen Raum und fiel krachend auf eine Bank an der Wand.

Durch den Lärm alarmiert, kam nun auch Rico Rottmann in die Bar. Er war knapp jenseits der Vierzig. Sein Gesicht war gezeichnet von mehr als hundert Boxkämpfen. Inzwischen hatte er freilich Fett angesetzt. Seine kleinen, listigen Augen schauten aus einem fleischigen, kaum konturierten Gesicht. Seine langen schwarzen Haare trug er meist offen. Rico war Piets Mann in der Ringecke gewesen, damals, als er niedergeschlagen wurde, und Rico hatte nach Piets Zusammenbruch auch am schnellsten reagiert. Ihm hatte es der Boxer zu verdanken, daß er den schweren Niederschlag damals überlebte.

Rico überblickte auch jetzt die Situation sofort. «Was ist denn hier los?»

Piet Michalke schaute Rottmann an, krauste die Stirn wie jemand, der sich an etwas erinnern will. «Ich nehm nur Aufträge von dir an, Rico», sagte er nach ein paar Augenblicken.

Rico tätschelte Piets Wange. «So haben wir's besprochen, Piet. Und so bleibt's auch.»

Nadja fuhr auf. «Aber du hast doch gesagt, ich soll ihm sagen ...»

Schlagartig wich alle Gutmütigkeit aus Ricos Gesicht. «Misch dich nicht ein, wenn Männer miteinander reden, ja?»

Über Piet Michalkes Gesicht ging ein Strahlen. Nadja drehte sich um und verschwand durch die Tür zu den Büros.

«Fährst du dann bitte zum Expreßgut?» sagte Rico zu Piet.

«Mach ich, klar!» Dann, nach kurzem Zögern: «Du, Rico ...?»

Rottmann sah ihn aufmerksam an. «Hmmm?»

Aber Piet schien vergessen zu haben, was er wollte. Jaco hatte sich inzwischen wieder gefangen. Er stand allerdings noch auf wackligen Beinen.

«Was wolltest du mich fragen?» sagte Rico zu Piet.

«Ich? Ach so, ja ... Zletko soll gegen Hajo Salewski boxen, oder?»

«Das steht schon seit vierzehn Tagen auf allen Plakaten, Alter!»

«Das wird'n Flop ... Laß mich ran, Rico ...»

Rottmann ging zu ihm und legte freundschaftlich den Arm um seine Schultern. «Du weißt, was der Doc gesagt hat ...»

«Laß mich wenigstens in einem Rahmenkampf ran!»

«Das macht keinen Unterschied. Der Doktor hat dir jeden Kampf verboten.»

Jaco rief gehässig herüber: «Warum wechselt ihr nicht den Doc?»

Piet nickte: «Vielleicht hat er recht.»

Rico verstärkte den Druck um Piets Schultern und sagte direkt in sein Ohr: «Jaco hat nie recht, das mußte dir merken!»

5 Die Heimat- und Bodenbank residierte in einem modernen Glasbau nicht weit vom Schloßplatz. In ihrer Fassade spiegelten sich das neue Schloß und die Hänge dahinter, die sich bis zum Fernsehturm in Degerloch hinaufzogen. Auch Bienzle und Gächter sahen sich verzerrt in dem spiegelnden Glas. «Man kommt sich ziemlich klein vor, so», sagte Bienzle und schob die Drehtür an.

Der Empfangsraum bestand aus Marmor, Chrom und Glas. Von der Tür bis zur Rezeption mußte man über gut 140 Quadratmeter spiegelnde Granitplatten gehen. Gächter hielt der jungen Frau hinter dem Marmortresen seinen Ausweis hin. «Kriminalpolizei, Mordkommission. Wir würden gerne jemand von der Geschäftsleitung sprechen.»

Die Empfangsdame erschrak, schnappte zweimal nach Luft und eilte dann wortlos davon. Sehr hohe Absätze, sehr kurzer Rock, unter dem sich ein knappes Höschen abzeichnete, schlanke, lange Beine. Gächter sah ihr nach. Soviel Zeit mußte sein. Bienzle hatte ihr den Rücken zugekehrt und trommelte mit den Fingern auf dem kalten Marmor des Empfangstresens.

«Dr. Neubert, guten Tag, meine Herrn!» Der Mann mochte um die Fünfunddreißig sein, er trug einen dunklen Anzug, eine dezente Krawatte und eine modische Brille. Allenfalls die krausen Locken, die seinen schmalen Kopf üppig umrahmten, hoben ihn ein wenig von all den anderen jungen Männern mit dunklen Anzügen, dezenten Krawatten und modischen Brillen ab, die durch die Korridore der Bank huschten.

Neubert machte eine einladende Geste. Alle drei nahmen auf schön geformten Sesseln Platz, die so aussahen, als versinke man tief in ihnen, und die sich dann überraschend als beinhart erwiesen.

Da Bienzle nichts sagte, übernahm Gächter die Vorstellung: «Das ist der leitende Hauptkommissar, ich bin Kommissar Gächter. Wir untersuchen den Mord an Herrn Dr. Wanner.»

Neubert schaute vom einen zum anderen. «Den Mord an …? Also, wenn das ein Scherz sein soll …»

Bienzle fuhr ihm grob in die Parade: «Sehet mir so aus?»

«Seine Leiche wurde vor fünf Stunden gefunden», sagte Gächter. «Wissen Sie, ob Herr Wanner Angehörige hat? Verheiratet war er offensichtlich nicht.»

«Er ist … ermordet worden, sagen Sie?« In Neuberts Gesicht arbeitete es, Bienzle beobachtete ihn genau. «Das ist nicht zu fassen … entsetzlich … mein Gott!»

Bienzle hatte ihn durchschaut. «Sie werden scho drüber wegkommen.»

Neubert holte Luft, straffte die Schultern und wurde sachlich: «Nein, über Angehörige weiß ich nichts. Er … äh … er hat allein gelebt, soweit ich weiß. Und er ist auch nie verheiratet gewesen … Er hat ja nie über sich gesprochen … Nur einmal hat er mir erzählt, daß er als Einzelkind aufgewachsen ist. Seine Eltern leben schon lange nicht mehr … Tja …»

«Was war denn sein Geschäftsbereich?» wollte Bienzle wissen.

Neubert lachte auf, und seine Stimme klang nun leicht überheblich: «Wie soll ich Ihnen das in ein paar Worten erklären …?»

«Bilden Sie ruhige ganze Sätze», gab Bienzle bissig zurück. «Wir haben Zeit.»

Einen Augenblick lang überlegte Neubert offenbar, ob er

scharf werden sollte, aber er beschloß dann doch, die Unverschämtheit des Kommissars zu ignorieren. «Er hat sich vor allem ums Auslandsgeschäft gekümmert, war aber auch sehr im Immobilienbereich engagiert ... was nur vordergründig ein Widerspruch ist ...»

Bienzle sah den jungen Mann von unten herauf an. «So weit kommen wir noch mit. Man kann ja auch im Ausland bauen oder ausländische Investoren für hiesige Bauvorhaben hereinholen, net wahr?»

«Ja, genau. Es war geradezu sein Hobby, Investoren aus dem Ausland zu gewinnen. Da hat er auch keinen anderen rangelassen. Unsere Bank finanziert zum Beispiel das Swabien-Fun-Center.»

So ein Wortungetüm tat Bienzle geradezu körperlich weh. «A schwäbischs Vergnügungszentrum – des ischt ja eigentlich ein Widerspruch in sich, findet Sie net au?»

Aber Neubert war jetzt ganz in seinem Element. «Na ja, wie man's nimmt: Musical-Theater, Spaßbad, Sauna, Dampfbad, Solarien, Spielbank, Multiplex-Kino, Tanzpalast – alles unter einem Dach. Jeden Monat ein Event: die Aufzeichnung für ‹Verstehen Sie Spaß?› oder sogar ‹Wetten daß?›. Das lateinamerikanische Tanzturnier, der internationale Zauberkunstkongreß, große Boxveranstaltungen ...»

«Oh, verheb's» entfuhr es Bienzle. «Steckt da nicht dieser Baulöwe Oskar Frank dahinter?»

«Es ist sein Projekt! Herr Frank ist in diesem Bereich sehr erfolgreich.»

Bienzle war nachdenklich geworden. Mehr zu sich selbst sagte er leise: «Ausländisches Geld ...?» Dann wandte er sich wieder direkt an Neubert: «Nennen Sie uns doch mal ein paar Investoren aus dem Ausland, die der Herr Dr. Wanner ‹gewonnen› hat.»

Neuberts Gesicht bekam einen leicht blasierten Zug. «Das

würde meine Kompetenzen bei weitem überschreiten. Da müßten Sie sich schon an den Vorstand ...»

Gächter unterbrach ihn. «Hatte Wanner gestern einen wichtigen Termin?»

«Nicht daß ich wüßte. Für heute ist er ... war er mit einigen wichtigen Investoren aus dem Libanon verabredet.»

«Denen können Sie ja jetzt absagen», meinte Bienzle trocken.

«Ja, wenn's so einfach wäre ... Herr Dr. Wanner hat niemanden eingeweiht, und bei mir hat er da keine Ausnahme gemacht. Ich weiß nicht mal, in welchem Hotel die Leute abgestiegen sind.»

Bienzle stemmte sich aus dem Sessel hoch. «Dann gehen wir mal in Wanners Büro!»

«Ich weiß nicht, da muß ich erst jemand vom Vorstand ...»

«Selbstverständlich, bitte, machet Se des!»

Neubert eilte davon. Bienzle wartete einen Moment und ging dann zu der Empfangsdame. «Der Herr Dr. Neubert sagt, Sie sollet uns schon amal ins Büro von Dr. Wanner führen.»

Am Schreibtisch Wanners machte sich ein Mann um die Fünfzig zu schaffen. Er war hochgewachsen, eine gepflegte Erscheinung, grau melierte, leicht ondulierte Haare, ein kantiges Gesicht. Selbst Bienzle sah, daß allein seine Flanelljacke das Fünffache von Neuberts Anzug gekostet haben mußte.

Der Mann fuhr wütend herum, als unvermittelt die Tür aufging. «Was soll das? Wer sind Sie?»

Bienzle ging zum Schreibtisch und nahm dem Mann die Papiere aus der Hand, die der gerade aus einer Schublade genommen hatte. «Beschlagnahmt! Ischt des net a bißle pietätlos? Das ist doch dem Herrn Wanner sein Schreibtisch ...»

Inzwischen war auch Gächter hereingekommen. Bienzle

drückte Gächter die Unterlagen in die Hand. «Schreib a Quittung aus ...» Erst danach bequemte er sich, sich vorzustellen: «Hauptkommissar Bienzle. Ich ermittle im Mordfall Wanner.»

Neubert stürzte herein. «Tut mir leid, Herr Direktor Hallberg, aber ich ...»

Der Direktor herrschte Bienzle an: «Haben Sie eine Durchsuchungsanordnung?»

Bienzle bellte zurück: «Brauch i net bei Gefahr im Verzug», und zu Gächter: «Das Zimmer wird versiegelt!» Dann wandte er sich wieder Hallberg und Neubert zu: «Und jetzt raus hier!»

Hallberg bewahrte nur mit Mühe die Contenance. «Sie sind wohl größenwahnsinnig.»

Bienzle ging zur Tür. Ohne sich noch mal umzuwenden, sagte er: «Man hat mir scho viel nachg'sagt, aber größenwahnsinnig ... das war, glaub ich, noch nicht dabei.»

«Jedenfalls denke ich nicht daran, mir das gefallen zu lassen!» rief ihm Hallberg hinterher. «Das wird ein Nachspiel haben!»

6

Und das hatte es dann auch. Männer wie Hallberg machten keine leeren Versprechungen. Der Polizeipräsident saß hinter seinem Schreibtisch und unterschrieb Briefe, als Bienzle hereinkam. Er deutete auf die Sitzecke, aber Bienzle blieb lieber stehen. Er wirkte – was sonst gar nicht seine Art war – unruhig und nervös.

Endlich schaute der Chef auf, stieß die Fingerkuppen beider Hände vor seiner schmalen Brust zusammen und musterte Bienzle. «Das geht jetzt schon seit ein paar Monaten so, Herr Bienzle.»

Da Bienzle nicht genau wußte, was der Präsident meinte, starrte er ihn nur weiter an.

«Ich schlage vor, Sie nehmen sich vierzehn Tage frei, Sie haben ja noch genug alten Urlaub. Bringen Sie Ihr Privatleben in Ordnung!»

Bienzle antwortete patzig: «Was geht jetzt Sie mein Privatleben an?»

«Normalerweise nichts, aber wenn Sie unseren ganzen Laden in Mißkredit bringen ...»

«Was mach ich?»

«In der Heimat- und Bodenbank müssen Sie sich benommen haben wie die Axt im Walde. Und das ist, weiß Gott, nicht das erste Mal. Anderen Beamten läuft auch mal die Frau weg, ohne daß sie gleich ihre gute Erziehung verlieren!»

«Sie leben seit hundert Jahren solo, was verstehen Sie schon davon?»

«Wenn ich Sie nicht so gut kennen würde und wenn Sie nicht solche Verdienste hätten, könnten Sie ab morgen Streife gehen!» Der Präsident war jetzt richtig verärgert.

Bienzle knurrte zurück: «Wer weiß, wofür's gut wär?» Er ging zur Tür.

Der Präsident stand auf und kam hinter ihm her. Kurz legte er den Arm um die Schultern seines Mitarbeiters: «Ich will Sie vierzehn Tage nicht im Amt sehen. Soll der Gächter mal beweisen, was er kann! Wenn Sie Ihre persönlichen Probleme geklärt haben, melden Sie sich wieder bei mir.»

Bienzle wollte noch mal protestieren, überlegte es sich dann aber anders und brachte sogar ein «Danke, Herr Präsident!» heraus, ehe er schnell die Tür hinter sich zuzog.

Überrascht schaute der Chef auf die Tür. Mit Bienzles «Danke» hatte er nicht gerechnet.

7 Piet Michalke trat aus dem Boxcamp auf den Hof. Rico Rottmann wartete schon auf ihn. Piet machte ein paar Schattenboxübungen.

«Nu komm», rief Rico, «irgendwann kannste dich auch mal wieder normal bewegen.»

Piet sah sich suchend um. «Wo ist denn der Pickup?»

«Wir nehmen eh den VW-Bus!»

Piet Michalke zog die Stirn kraus wie jemand, der angestrengt nachdenkt. «Heut nacht hat der doch noch da gestanden. Oder war das die Nacht davor? Wart mal ...»

«Los, Mann, der Medizinmann wartet!»

«Komisch», sagte Piet. Aber er konnte sich sein ungutes Gefühl nicht erklären.

Piet Michalkes Gesicht war angespannt. Was würde der Arzt sagen? Dr. Clement hatte das Ergebnis einer erneuten Kernspintomographie in farbigen Grafiken vor sich liegen.

«Sie machen Fortschritte, Herr Michalke.» Der Arzt hängte die neuen Aufnahmen neben die von der letzten Untersuchung vor die Lichtplatte. «Da, schauen Sie, es ist deutlich zu erkennen, daß sich das Blutgerinnsel zurückgebildet hat.»

Piet strahlte ihn an.

Der Doktor fuhr fort: «Die Hirnquetschung ist zwar noch nicht verheilt, aber da wir die Durchblutung verbessern konnten, hat sie sich verkleinert ... Da, sehen Sie? Eigentlich müßte auch langsam Ihr Erinnerungsvermögen zurückkommen.»

Piet Michalke war unsicher. «Na, ich weiß nicht ...»

Rico schlug ihm auf die Schulter: «Wär doch Klasse, Alter!»

«Wenn wir dem Heilungsprozeß Zeit lassen, werden Sie sich bald wieder an alles erinnern.» Dr. Clement lachte: «Sogar an Sachen, an die Sie sich gar nicht erinnern wollen!»

Piet Michalke hatte freilich nur eine Frage: «Und wann kann ich wieder boxen, Herr Doktor?»

«Das kann ich Ihnen nicht beantworten. Aber ich kann Ihnen soviel sagen: Solange die Quetschung nicht völlig abgeheilt ist, genügt ein schwerer Schlag gegen Ihren Kopf, und Ihr Erinnerungsvermögen ist vollends beim Teufel – wenn's nicht noch schlimmer kommt!»

Rico faßte mit einer zärtlichen Geste zu Piet hinüber und tätschelte seinen Nacken. «Ich sag doch, du packst das wieder!» Er fragte den Arzt: «Und wie ist es mit Konditionstraining?»

«Immer weiter trainieren. Das ist sogar sehr gut. Fördert die Durchblutung, stabilisiert den Kreislauf. Herr Michalke hat ja nicht abtrainiert, wie das sonst üblich ist, wenn einer aufhört.»

«Nein, nein», sagte Piet eifrig, «ich hab die ganze Zeit weitergemacht. Ich kann morgen wieder in den Ring steigen, das garantier ich Ihnen, und ich nehm's mit jedem auf. Mit jedem!»

Dr. Clement lachte wieder. «Immer schön eins nach dem anderen!»

Piet Michalke war euphorisch. Er hatte alles gehört, was für ihn positiv war. Die Bedenken ignorierte er. Eine Stunde später schon traktierte er den Sandsack, als stünde er kurz vor dem Kampf um die Europameisterschaft.

Rico Rottmann hatte sein Boxcamp in einer ehemaligen Fabrikhalle eingerichtet. Der Raum, gut achtzig Meter lang und vierzig Meter breit, sollte in diesen Tagen neu gestaltet werden. Rico plante, sein Boxstudio mit einer Disco zu kombinieren. Im Ring, der in der Mitte des Raumes aufgebaut war, sollten dann die Gogogirls auftreten. An der Stirnseite bauten Elektrotechniker an einem futuristischen Cockpit für die DJs. An der gegenüberliegenden Wand waren mit Sperrholz- und Rigipswänden neben der Bar und den Büros Umkleidekabinen und Duschen abgeteilt. In etwa vier Meter Höhe umlief eine Galerie die Halle, hinter der sich ebenfalls noch Räume verbargen. Dort oben hauste auch Piet Michalke, für den es ein Leben außerhalb dieser 3200 Quadratmeter kaum mehr gab, seitdem er vor dreizehn Monaten so entscheidend niedergeschlagen worden war. Piet trainierte täglich mindestens sechs Stunden, und außerdem erledigte er für Rico alle Laufarbeiten, die so anfielen. Für Rico hätte er auch die Toiletten geschrubbt.

Außer Piet trainierte noch gut ein Dutzend anderer Boxer. Zwei von ihnen sparrten unter der Anleitung eines Trainers, der auch den Ringrichter machte, andere arbeiteten an Punching-Balls, wieder andere sprangen ausdauernd Seil, um ihre Beinarbeit zu verbessern. Vereinzelte Zuschauer hingen auf Stühlen und Bänken herum, die meisten in Motorradklamotten und mit einer Flasche Bier in der Hand – alt gewordene Hell's Angels, die, obwohl längst verheiratet und Familienväter, noch immer im Pulk auf ihren schweren Maschinen durch die Landschaft fuhren und am Ende immer in Ricos Boxcamp landeten, wo das Bier billig und die Männerfreundschaft noch immer ein hohes Gut war. Ihre schweren Maschinen standen draußen auf dem Hof. Ihre Aufmerksamkeit galt Zletko Mirkovisz, der mit dem bulligen Trainer Otto Pahlke arbeitete.

Pahlke kannte man hier nur unter dem Namen Otto-Otto, weil er ein bißchen stotterte und viele Wörter verdoppelte. Wie die meisten Boxer, die jetzt in Deutschland Karriere machten, kam sein Schützling Zletko aus einem östlichen Land. Er war Kroate. Otto gab seine Kommandos: «Links, links, und die Deckung hoch … Bist ja immer noch offen wie'n Scheunentor, sobald deine Hand … Hand rauskommt. Die Führhand muß den nächsten Schlag … Schlag vorbereiten – lang, gerade … vorbereiten den nächsten Schlag … Ja, so … Gut so. Aber dein linker Haken … Haken kommt immer noch mit An… Ansage. Der muß … muß ansatzlos kommen. Ansatzlos, an… ansatzlos, ja!»

Piet warf immer wieder einen Blick hinüber. Zletko stand vor dem größten Kampf seines Lebens. Er war jetzt ungefähr so weit wie er selbst vor seinem Ringunfall. Auch Piet hatte seinerzeit um die Chance für einen Titelkampf geboxt. Er wandte den Blick wieder ab und schnappte sich eins der Sprungseile. Er nahm sich fünfhundert Sprünge vor.

Rico kam bei Piet vorbei und klopfte ihm auf die Schulter. «Vorbildlich wie immer, Alter!»

Jaco Riewers gesellte sich zu den beiden. Piet sprang immer weiter und beschleunigte jetzt sogar noch die Sprungfolge. Das Seil pfiff durch die Luft und war nur noch wie ein durchsichtiger Ball zu sehen, der Piets Körper einhüllte.

Jaco tippte sich mit dem Zeigefinger an die Stirn. «Warum trainierst du eigentlich wie verrückt, wo du doch gar nicht mehr boxen darfst?»

«Ich boxe wieder!»

«Ja, ja. Und drei mal drei ist Donnerstag!» feixte Jaco. Er ging weiter.

Piet Michalke unterbrach plötzlich seine Übung. Das Seil warf er achtlos über einen Haken. Sein Blick war plötzlich sehr nachdenklich geworden, als ob er sich an etwas erinnerte. Er rief Riewers nach: «Du, Jaco …?»

Der drehte sich noch mal um. «Was ist?»

Aber nun schien Piet entfallen zu sein, was er wollte. «Äh … nichts …»

Jaco wischte mit der flachen Hand vor der Stirn hin und her und verschwand in der Bar.

Rico hatte Piet die ganze Zeit nicht aus den Augen gelassen. «Was wolltest du von ihm?»

«Vergessen, du weißt doch …»

Rico nickte, knuffte Piet freundschaftlich und folgte Jaco.

Jaco füllte am Zapfhahn zwei Bierkrüge. Rico sah sich um: Sie waren alleine. Solange Zletko trainierte, hielten sich die Angels lieber drüben in der Halle auf.

«Was ist mit dem Pickup?» fragte Rico.

«Was soll damit sein? Gestohlen gemeldet und schon auf dem Weg nach Polen.»

Ricos Gesicht verfärbte sich. «Bist du verrückt geworden? Ich hab gesagt, du sollst das Gerät verschwinden lassen, aber ich hab nicht gesagt, du sollst es verscheuern!»

«Hör mal, eleganter geht's doch gar nicht.»

«Und wenn der Pole in eine Polizeikontrolle kommt?»

Jaco wurde es unbehaglich. «Wir teilen die Kohle für den Pickup natürlich!»

Rico schlug Jaco mit der flachen Hand an die Stirn. «Jetzt kannst du nur noch beten, daß die Polizei die Karre nicht hopsnimmt!»

In der Halle draußen unterbrach Piet Michalke die Arbeit am Sandsack. Er griff nach einem Handtuch und wischte sich den Schweiß ab. Einer der Zuschauer aus der Motorrad-Crew trat zu ihm. Sie beobachteten gemeinsam Zletkos Training.

«Warum zieht er den Haken nicht über die Deckung, wenn sie so tief hängt?» sagte Piet.

«Bis der so gut ist, wie du mal gewesen bist, verfahr ich noch fünf Hektoliter Sprit», gab der andere zurück.

Piet nickte. «Aber er ist ziemlich schnell, er überlegt nur noch zuviel!»

«Ja, wenn du noch könntest ...»

«Wart's ab», sagte Piet Michalke, «wart's ab!»

8 Bienzle kam früher als sonst nach Hause. Obwohl er sich alleine nicht wohl fühlte. Aber der Chef hatte ja recht: Im Augenblick war er nur bedingt einsatzfähig. Bienzle schaltete den Fernseher ein und gleich wieder aus. Im Kühlschrank war noch ein kaltes Hühnerbein. Das aß er im Stehen und trank dazu ein Glas Trollinger. Als er merkte, daß er den Wein in sich hineinschüttete, ohne zu schmecken, was er trank, schämte er sich.

Das Telefon klingelte. Bei jedem Klingeln hoffte er ... Aber auch diesmal war es nicht Hannelore, sondern ein Mensch, der gebrochen deutsch sprach und sich offensichtlich verwählt hatte. Die Stimme verriet nicht, ob es sich um einen Mann oder eine Frau handelte. Bienzle legte wieder auf. Voller Selbstmitleid dachte er: So ist das also, wenn man unglücklich ist.

Er schaltete den Fernseher doch wieder ein. Sie brachten die Wiederholung eines alten «Tatorts». Wenigstens konnte man sich darüber amüsieren, wie die sich die Arbeit einer Mordkommission vorstellten. Und so kam es, daß Bienzle sogar an diesem tristen Abend noch ein paarmal herzlich lachen mußte.

Gächter hatte sich vorgenommen, Neubert zu beschatten. Das Kalkül dabei war einfach. Wenn der junge Banker gelogen hatte, und davon ging Gächter aus, dann wußte er weit mehr über die geheimen Geschäfte von Wanner. Über die wußte nun auch die Polizei schon mehr. Die Kollegen von der Wirtschaftskriminalität hatten gute Arbeit geleistet.

Neuberts Mittelklassewagen hielt vor einer Topless-Bar.

Gächter blieb einen Moment sitzen, weil er das Videoaufnahmegerät noch mal am Gürtel festzurren mußte. Die Minikamera steckte, getarnt als Schmucknadel, an seiner Krawatte.

Als Gächter das Lokal betrat, kam ihm ein Zeitungsverkäufer entgegen. Er bot den *Nachtkurier* an. Auf der Titelseite ein Bild von Wanner, wie er von der Schleusenbrücke herunterbaumelte. Entweder war der Schiffer Wuttke so kaltschnäuzig gewesen, das Foto zu schießen, oder ein Kollege von der Spurensicherung verdiente sich ein paar Mark dazu. Gächter kaufte das Blatt. Die Überschrift lautete: «Mysteriöser Tod eines Bankmanagers.»

Als Gächter den schwülroten Raum betrat, sah er Neubert neben der Tür stehen. Er beobachtete einen Tisch, um den drei arabisch aussehende Herren mit drei kaum bekleideten jungen Damen saßen. Ihr Maître de Plaisir war offenbar Oskar Frank.

Gächter kannte den Mann von Bildern aus der Zeitung. Frank hatte eine Schlüsselrolle gespielt, als der letzte Ministerpräsident, ein quirliger und außergewöhnlich erfolgreicher Politiker, seinen Stuhl räumen mußte. Der Landesvater war häufig Gast auf der Yacht und im Privatjet des Bauunternehmers gewesen. Die beiden hatten zusammen Tennis und Golf gespielt und waren schon mal für ein verlängertes Wochenende nach Thailand geflogen. Als die Maultaschen-Connection dann aufgeflogen war, kostete es Frank ein Lächeln, den Ministerpräsidenten fallenzulassen. «Warum hat er sich auch einladen lassen? Das hat er schließlich ganz alleine entschieden, nun soll er auch alleine die Folgen tragen.» Zu einer Anklage wegen aktiver Bestechung reichte es nicht. Oskar Franks Anwälten gelang es, die Richter davon zu überzeugen, daß die zahllosen Landesaufträge, durch die Frank reich geworden war, in einem fairen Wettbewerb gegen die anderen Anbieter erobert worden seien. Und überhaupt seien Frank aus der entfernten Bekanntschaft mit dem Politiker mehr Verpflichtungen als Vorteile erwachsen.

Der Wortführer der Libanesen hatte sich gerade an Frank gewandt. «Herr Dr. Wanner sollte längst da sein.»

Frank hob die Schultern. «Vielleicht ist er aufgehalten worden. Kann ich Ihnen noch was zu trinken bestellen?»

«Können wir denn hier ...?»

«Zum geschäftlichen Teil kommen wir morgen. Jetzt amüsieren Sie sich erst mal.»

Neubert gab sich einen Ruck und trat an den Tisch. «Guten Abend ...»

Frank sah den jungen Banker befremdet an. «Sind wir verabredet?»

«Nicht direkt, aber ich dachte ...»

«Indirekte Verabredungen gibt's für mich nicht!»

Neubert legte den *Nachtkurier* auf den Tisch, so daß jeder das Bild des erhängten Wanner und die Schlagzeile «Mysteriöser Tod eines Bankmanagers» deutlich sehen konnte.

Frank schien nicht im geringsten irritiert zu sein. Er klopfte mit dem Zeigefinger auf das Foto des erhängten Managers. «Sehen Sie, meine Herren? So sieht ein Mann aus, mit dem man keine Geschäfte machen sollte!» Dabei lächelte er die Libanesen an.

Ihr Wortführer war blaß geworden. «Aber das ist Dr. Wanner!»

Neubert machte noch einen Versuch: «Vielleicht sollten Sie mich den Herren kurz vorstellen.»

«Das seh ich anders! Schönen Abend noch, Herr Dr. Neubert.»

Gächter achtete darauf, daß die Situation von seiner Krawattenkamera erfaßt wurde. Neubert stand da wie ein begossener Pudel. Frank schien ihn überhaupt nicht mehr wahrzunehmen. Schließlich verbeugte sich Neubert kurz und verließ den Tisch.

Der Wortführer der Libanesen deutete auf das Foto in der Zeitung. «Wie konnte das passieren?»

Frank lächelte, gab den Mädchen einen Wink, worauf sie sofort den Tisch verließen. «Wanner wollte das Geschäft direkt mit Ihnen machen, stimmt's? Er hat sich zweimal mit Ihnen getroffen, ohne mich zu informieren.»

«Aber er hat gesagt, Sie *sind* informiert.»

Frank nickte. «Ja, das glaube ich, daß er das gesagt hat!»

Vor der Bar schlitterte Neubert zu seinem Auto. Die ledergesohlten Lackschuhe waren für die winterlichen Straßenverhältnisse nicht besonders geeignet.

Gächter vertrat dem Banker den Weg. «Hallo, Herr Dr. Neubert.»

Neubert hatte Mühe, sich an den Kommissar zu erinnern, so sehr war er mit seiner eigenen Wut beschäftigt.

Gächter sagte: «Eigentlich war ja der Herr Dr. Wanner mit den Herren Mosimpour und Elmadi verabredet, stimmt's?»

«Was wollen Sie eigentlich? Und woher haben Sie diese Namen?»

«Wir haben die Unterlagen ausgewertet, die wir aus Wanners Büro mitgenommen haben. Unsere Kollegen von der Wirtschaftskriminalität lesen in solchen Notizen wie in einem offenen Buch. Macht jetzt der Herr Frank das Geschäft ohne Ihre Bank?»

«Fragen Sie ihn!» Neubert ließ Gächter stehen und schlitterte zu seinem Auto.

9 Bienzle hatte schlecht geschlafen. Er stand in der Küche und suchte Filterpapier für den Kaffee, aber er fand nur noch eine leere Schachtel. Er öffnete den Mülleimer unter der Spüle. Die Filtertüte vom Vortag lag obenauf. Einen Augenblick überlegte er, ob sie sich nochmal verwenden ließe, schüttelte dann aber angewidert den Kopf und beschloß, lieber Tee zu trinken, sollte ja sowieso gesünder sein. Wütend starrte er die Weinflasche an. Er hatte einen Kopf wie ein Rathaus! Im Medizinschränkchen fand er noch eine Kopfschmerztablette.

Als es an der Wohnungstür klingelte, bekam er plötzlich Herzklopfen. Auf dem Weg zur Tür machte er ein paar halbherzige und hoffnungslose Versuche, ein wenig Ordnung zu schaffen. Als er öffnete, stand Gächter auf der Schwelle.

«Ach, du bist's bloß!»

«Schöne Begrüßung!» Gächter drückte Bienzle eine Bäkkertüte in die Hand. «Frische Brezeln. Butter ist schon drauf. Gibt's einen Kaffee bei dir?»

«Tee!»

Gächter baute einen Laptop auf und schloß sein Videogerät an.

«Ich hab die halb' Nacht ferng'sehen, mir langts!» sagte Bienzle.

Gächter kümmerte sich nicht um ihn. Das Band lief an. Auf dem postkartengroßen Bildschirm sah man eine üppige schwarze Schönheit, barbusig und um Laszivität bemüht.

«Findest net, daß es dafür a bißle zu früh am Tag ist?» brummte Bienzle.

«Wart's halt ab.»

Jetzt kamen Frank und die beiden Libanesen ins Bild, dann Neubert.

Unwillkürlich beugte sich Bienzle vor. «Die Libanesen?»

Gächter nickte: «Mosimpour und Elmadi. Der Name des dritten ist uns nicht bekannt.»

«Sauber!»

«Einer muß mit Oskar Frank reden.»

«Laß dich durch mich nicht aufhalten!»

«So was kannst du am besten.» Gächter begann sich eine Zigarette zu drehen. Er lehnte jetzt, wie es seine Art war, am Türbalken und sah aus seinen grauen Augen auf Bienzle hinunter.

«Ich bin erst amal draußen.»

Gächter grinste nur.

«Gut, wo hat er sein Büro?»

«An der Gänsheide.»

«Okay, du hast mich überredet.» Bienzle war richtig froh, etwas zu tun zu haben. Und Gächter wußte es nur zu genau.

Wann immer es sich machen ließ, ging Bienzle zu Fuß. Von seiner Wohnung in der Stafflenbergstraße hinauf zur Gänsheide waren es gerade mal zehn Minuten, und wenn er die Staffeln hinaufstieg, statt der Straße zu folgen, war der Weg noch kürzer. Doch bei dem anhaltenden Glatteis war es bestimmt besser, die Straßen zu nehmen. Und so kam es, daß ihn die Straßenbahn, die nach Sillenbuch hinauffuhr, überholte. Beiläufig warf er einen Blick auf die Wagen und erstarrte. Hinter einer der leicht angelaufenen Scheiben saß Hannelore Schmiedinger. Sie sah aus, als sei sie tief in Gedanken versunken oder als döste sie nur so vor sich hin. Bienzle sprang auf dem Bordstein herum wie ein Hampelmann, die Arme ruderten in der Luft, er rief, schrie, brüllte: «Hannelore! Hannelore!! Hannelore!!!»

Aber es gelang ihm nicht, ihre Aufmerksamkeit auf sich zu lenken, nicht einmal, als er auf einer Eisplatte gleichzeitig mit beiden Füßen nach vorne rutschte und unsanft auf den Hintern fiel. Die Straßenbahn verschwand um die Kurve, wobei die Räder in den Gleisen ein unangenehm quietschendes Geräusch machten.

Bienzle rappelte sich wieder auf. Hilfesuchend sah er sich um. Immer hatte man das Gefühl, in Stuttgart seien viel zu viele Taxis unterwegs, aber wenn man mal wirklich eins brauchte … Der nächste Taxistand war droben am Bubenbad. Immerhin wartete dort ein Wagen. Bienzle machte dem Fahrer klar, er solle der Route der Straßenbahn nachfahren.

Der Fahrer lachte. «Sind Sie net von hier?»

«Ja freilich, und wie!»

«Ja, dann müßtet Sie doch wissen, daß die Stampe zwischen Merzschule und Fernsehturm durch den Wald fährt.»

Aber er erreichte die Bahn dann doch noch in Sillenbuch Mitte. Bienzle entlohnte den Taxifahrer fürstlich und stieg in den hinteren Wagen ein. Hannelore war nicht da. Bienzle war sich nicht sicher, in welchem Wagen er sie gesehen hatte, deshalb stieg er an der nächsten Haltestelle in den Motorwagen um. Auch da war sie nicht. Sollte er sich getäuscht haben? Er fuhr mit bis zur Endhaltestelle und ging dann zum Straßenbahnführer. Zuerst wies er sich als Polizeibeamter aus, dann zog er seine Brieftasche und entnahm ihr ein Bild von Hannelore.

«Ja, die kenn ich schon», sagte der Fahrer. «Was hat sie denn verbrochen?»

«Bis ich Ihnen das alles erzähl …», sagte Bienzle unbestimmt.

«Also, ich fahr die Strecke ja regelmäßig», sagte der Straßenbahner bedächtig, «und die Frau fährt öfter. Allerdings zu ganz unterschiedlichen Zeiten. An manche Tag auch gar net. Also fest angestellt kann die net sein.»

«An Ihnen ist ein Kriminalist verlorengegangen.»

«Sie steigt an der Clara-Zetkin-Straße aus, und da geht sie dann auch gleich rein – in die Zetkinstraße, meine ich. Meistens hat sie so eine Mappe unterm Arm.»

Neulich hatte Bienzle gehört, in Berlin hätten sie die Clara-Zetkin-Straße in Dorotheenstraße umbenannt oder zurückbenannt. Die Stuttgarter waren da anders. Toleranter halt.

Bienzle gab dem Mann die Hand und verkniff sich den Satz: Sie haben mir sehr geholfen, statt dessen sagte er: «Sie hent a Viertele bei mir guet!»

Er setzte sich auf die Bank hinter dem Führerstand. Die Straßenbahn fuhr die Schleife aus und machte sich wieder auf den Weg in die Stadt hinunter. An der Haltestelle Gänsheide stieg Bienzle aus. Zu Franks Büro waren es von hier nur ein paar Schritte.

Oskar Franks Firmenräume lagen hoch über Stuttgart. Frank residierte in einem herrlichen großen Raum mit Blick über die ganze Innenstadt. Auf den Schränken und Sideboards standen gerahmte Bilder von Boxkämpfen. Franks Sekretärin Ann Marie Laible brachte ihrem Chef gerade ein Glas Wasser und warf eine Tablette hinein, die sich sprudelnd auflöste.

«Sie sollten zum Arzt gehen», sagte sie besorgt.

«Wegen einem verrenkten Magen?» Frank schüttelte den Kopf. «Gesundheit ist eine Frage des Willens. Ich konditioniere mich so, daß ich gar nicht erst krank werden kann.»

Für Ann Marie Laible klang das wie Gotteslästerung. Schmallippig meldete sie: «Der Herr Rottmann hat angerufen.»

Frank sagte angewidert: «Das ist auch so einer. Wenn der Bettelmann aufs Roß kommt, reitet er's zu Tode!»

Es klopfte an der Tür. Bevor jemand reagieren konnte, kam Bienzle herein. «Grüß Gott ... Im Vorzimmer war niemand ...»

«Dann warten Sie gefälligst, bis jemand kommt!» herrschte ihn Frank an.

«Herr Frank?»

«Hören Sie schlecht?»

Bienzle kramte seinen Ausweis heraus und hielt ihn Frank unter die Nase. «Kriminalpolizei, Mordkommission, Bienzle mein Name.»

Frank stand aus seinem Sessel auf und kam um den Schreibtisch herum. Seine Bewegungen hatten etwas Katzenhaftes. «Das ist natürlich was anderes. Sie kommen wegen Dr. Wanner, stimmt's?»

«Sie waren Geschäftsfreunde ...» Das klang wie eine Feststellung und weniger wie eine Frage.

«Wir haben miteinander zu tun gehabt, wenn Sie das meinen.»

«Aber das Geschäft, das Sie zusammen eingefädelt haben, ist nicht zustande gekommen. Zumindest war Wanner nicht daran beteiligt.»

«Woher wollen jetzt Sie wissen, daß *ich* irgendein Geschäft eingefädelt habe ...?»

«War's denn nicht so?»

«Ich rede nicht über meine Geschäfte. Und jetzt sagen Sie mir bitte, was Sie wollen.»

«Ich möcht gern rauskriegen, warum Dr. Wanner sterben mußte.» Er sah Frank direkt in die Augen. Aber der wich seinem Blick nicht aus.

«Das fragen Sie mich?»

«Das ist ja unerhört!»

Erst jetzt merkten die beiden Männer, daß die Sekretärin nicht hinausgegangen war. Frank reagierte leicht ungehalten: «Lassen Sie uns bitte allein, Fräulein Laible.»

Sofort fiel sie in ihre übliche Verhaltensweise zurück: «Soll ich einen Kaffee machen?»

«Das wird nicht nötig sein», beschied sie ihr Chef. Ann Marie ging hinaus.

«Wie war denn Ihr persönliches Verhältnis zu Dr. Wanner, Herr Frank?» fragte Bienzle, als die Tür hinter der Sekretärin ins Schloß gefallen war.

«Wir hatten kein persönliches, nur ein geschäftliches Verhältnis, und das war in Ordnung.»

«Gestern sollte ein Treffen zwischen Wanner und ein paar libanesischen Geschäftsleuten stattfinden.»

«Ich interessiere mich nicht dafür, wer sich mit wem trifft», gab Frank kalt zurück.

«Statt dessen haben *Sie* sich gestern abend nicht nur mit diesen Männern getroffen, sondern auch mit Dr. Neubert, dem wichtigsten Mitarbeiter Wanners. Wäre es möglich, daß Sie das Geschäft mit den Libanesen an Wanner vorbei machen wollten ... oder umgekehrt?»

«Und was hätte dann der Herr Dr. Neubert dabei verloren gehabt?»

«Sagen Sie's mir!»

Frank verzog keine Miene. «Dort, wo Sie reingekommen sind, geht's auch wieder raus», sagte er kühl.

«Hab ich jetzt einen wunden Punkt getroffen?» fragte Bienzle mit einem leisen Lächeln.

Frank schaute Bienzle nur kalt an. Bienzle nickte, als habe er nichts anderes erwartet. Auf dem Weg zur Tür sagte er: «Irgendwann werden Sie mit mir reden müssen. Jetzt wär's vielleicht leichter g'wesen. Wiedersehen, Herr Frank.»

Gächter hatte in Begleitung von zwei Kollegen der Spurensicherung das Haus aufgesucht, in dem Wanner gewohnt hatte. Es war ein Apartmenthaus der schickeren Sorte im Haigst mit einem weiten Blick hinüber auf den Birkenkopf, den Hasenberg und den Killesberg.

Wanners Name stand an der obersten Klingel. Die Beamten fuhren mit dem Fahrstuhl hinauf. Sie landeten vor der Tür zum Penthouse. Auf ihr Klingeln rührte sich nichts. Auch in den beiden Wohnungen ein Stockwerk tiefer war offenbar niemand zu Hause.

«Tscha, dann werden wir mal einen Schlosser holen», sagte Gächter.

«Nicht nötig», sagte einer der Kollegen. «Inzwischen sind wir fast so gut ausgerüstet wie unsere Gegner.» Er fingerte ein kaum faustgroßes Gerät aus seinem «Instrumentenkoffer».

«Was ist denn das?» fragte Gächter.

«Ein elektronischer Dietrich. Ich führe die Sonde ein, und jetzt kann ich so viele Zacken zuschalten, wie ich brauche. Die tasten das Schüsselloch ab. Tausendmal in der Sekunde. Das macht nur rrrr-klick!»

Tatsächlich vernahm Gächter ein solches Geräusch. Dann sprang die Tür auf.

Der Kollege hob das Gerät hoch, das aussah wie eine kleine Taschenlampe. «Das ist ein Generalschlüssel für die ganze Welt.»

Wanners Wohnung wirkte wie die Ausstellung eines Möbeldesigners. Gächter meinte, alle diese Stücke schon irgendwo in Katalogen oder in Zeitungsberichten über Designausstellungen einmal gesehen zu haben, aber niemals in dieser Zusammenstellung. Die Sessel konnte er Mies van der Rohe zuordnen, die Stühle um einen ovalen Marmortisch Marcel Breuer. Das Sofa konnte von Renzo Piano sein, aber danach verließen ihn seine Kenntnisse. Nur in den zwei Bädern und den Toiletten erkannte er wieder die Werke von Philipp Starck.

Die Wände schmückten Fotos berühmter Fotografen. An den Signaturen war zu erkennen, daß es Unikate oder doch numerierte Vervielfältigungen waren, und wo letzteres zutraf, trugen sie sehr niedrige Nummern. Gächter interessierte sich aber weniger für die Künstler als für die Motive. Man mußte nicht zweimal hinsehen, um zu erkennen, daß es sich um die Liebhabereien eines Homosexuellen handelte.

Die Durchsuchung der Räume war einfach. Bei Wanner hatte alles seine penible Ordnung, selbst die Bleistifte auf der Schreibtischunterlage waren exakt parallel angeordnet, und zwar so, daß die Unterkanten genau miteinander abschlossen.

In einem Raum ohne Fenster entdeckten sie ein Heimkino. Alle Geräte waren teuer und in einem untadeligen Zustand. Als einer der Beamten eine Kassette einschob und den ersten Film anlaufen ließ, erschienen auf der silberschimmernden Leinwand nackte junge Männer in den verschiedensten Posen. Hier freilich endete wohl Wanners Ästhetizismus. Die Modelle, die für seine Filme posierten, waren erkennbar Jungen aus anderen Gesellschaftsschichten als Wanner selbst. Viele Ausländer darunter, Nordafrikaner, Türken und vor allem Schwarzafrikaner. Ihre Gesten übertrafen sich in geradezu brutalen Obzönitäten. Der Beamte schaltete ab.

Gächter sagte: «Das ist jetzt natürlich ein ganz neuer Aspekt.»

Der zweite Beamte hatte seine Suche im Wohnzimmer fortgesetzt. Er hatte ein Fotoalbum gefunden, in dem die gleichen Strichjungen auftauchten, die auch im Film zu sehen waren.

Gächter nahm ein paar Fotos aus ihren Klebe-Ecken und

steckte sie ein. Ebenso Wanners Adreßbuch, das in rotem Samt eingeschlagen und mit Goldornamenten verziert war, dann verließ er die Wohnung und überließ den Kollegen die weitere Spurensicherung.

In einem nahen Café bestellte sich Gächter einen doppelten Espresso und einen Grappa und studierte Wanners Adreßbuch. Es enthielt keine Anschriften, nur Telefonnummern. Ein paar Versuche mit dem Handy verrieten Gächter schnell, daß es sich dabei ausschließlich um die Nummern möglicher erotischer Partner handelte. Sie meldeten sich ausnahmslos mit ihren Vornamen. Gächter konnte so seine Telefonpartner rasch den Fotos zuordnen, die Wanner in seiner Penibilität alle mit den Namen der fotografierten Jungs versehen hatte. Mit einem von ihnen, der auch in Wanners Filmen so etwas wie der Star war, verabredete er sich.

10 Jan Conrad Riewers haßte seine Arbeit. Er hatte etwas Besseres verdient, als für Rico Rottmann den Barmann zu machen – zumindest war *er* fest davon überzeugt. Wütend stieß er leere Flaschen in die bereitstehenden Kisten.

Nadja, Ricos Sekretärin und derzeitige Lebensgefährtin, kam herein. Sie ging dicht an Jaco vorbei, wie jemand, der seine Wirkung genau zu kalkulieren versteht. Prompt griff Jaco nach ihr, legte von hinten einen Arm um sie und umfaßte ihre Brüste, die sich durch den dünnen Stoff anfühlten, als wären sie nackt.

Nadja wehrte sich nicht, sie gurrte nur: «Duhuuu! Laß das bloß Rico nicht sehen.»

Jacos andere Hand glitt nun unter ihren kurzen Rock. «Ach, Rico, Rico! Für den bist du doch bloß eine von ein paar Dutzend!»

Sofort löste sich Nadja von Jaco. «Arschloch!» giftete sie.

«Stimmt doch: Wenn's Rico nicht mehr paßt, läßt er dich fallen wie eine heiße Kartoffel.»

«Dem paßt's noch lang, dafür werd ich schon sorgen. Rico frißt mir aus der Hand!»

Piet Michalke kam herein. Er hatte den letzten Satz noch halb gehört und wurde sofort mißtrauisch. «Was ist mit Rico?»

Nadja reagierte genervt: «Er nun schon wieder!»

Jaco wußte, wo er Michalke treffen konnte. «Na, Piet, hast du gestern mal wieder deinen großen Kampf angeschaut?»

Piet Michalke antwortete nicht.

«Begreifst du eigentlich nie, warum du verloren hast? Der Typ war einfach zu stark für dich!»

«Du hast doch keine Ahnung», antwortete Piet dumpf.

Nadja sagte: «Streitet euch bloß nicht schon wieder. Rico mag das nicht. Außerdem, ab nächstem Samstag ist sowieso Ztelko Mirkovicz der Champion.»

«Ich hab fünfzehn Mille gegen ihn gewettet», sagte Jaco.

Nadja war überrascht. «Wo hast du fünfzehn Mille her?»

«Ich hab gerade 'ne Glückssträhne.»

«'ne Meise hast du», sagte Nadja und ging hinaus.

Auch Piet Michalke wußte, wie er Jaco treffen konnte: «Guter Job als Geschäftsführer hier», sagte er.

«Scheißjob!»

«Hätteste halt weiter geboxt!»

«Daß ich nachher so daherkomme wie du? Warum boxt denn du nicht mehr, ha?»

«Du weißt genau, warum.»

«Ja, ich weiß es, aber weißt du's auch?»

«Hä?»

«Du vergißt doch alles. Du denkst doch tatsächlich, Tim Fire hätte schlecht geboxt. Der hat einen Superkampf geliefert gegen dich. Aber wenn man sich nicht erinnern kann ...»

Piet protestierte kläglich: «Ich erinner mich doch ...!»

Jaco hatte ein Bier eingelassen und reichte es Piet. «Bist 'ne arme Sau.»

Piet haute das Bier auf den Tresen. «Ich trink nix, und schon gar nicht am hellichten Tag. Hat mir der Doktor streng verboten!»

«Ach, daran hast du dich jetzt erinnert?»

Plötzlich wurden Piet Michalkes Augen schmal, sein Kinn schob sich vor. Er fixierte Jaco. «Ich erinnere mich noch an ganz andere Sachen. Nicht immer gleich, aber irgendwann schon ... Vorgestern nacht zum Beispiel ... Wo ist denn jetzt eigentlich der Pickup?»

Plötzlich wirkte Jaco höchst alarmiert. «Warum willste das denn wissen?»

«Jedenfalls würd ich mich an deiner Stelle auf nix verlassen», sagte Piet geheimnisvoll.

«Sag mal, was redest du denn da für 'nen Stuß, Mann?»

«Weiß nicht... oder vielleicht doch... irgendwann.» Doch dann fiel ihm ein, worüber sie sich gerade gestritten hatten: «Du bist an so'n Kampf wie gegen Fire doch gar nicht rangekommen, weil du vor jedem starken Gegner die Muffe hattest.»

Ilona, die hinterm Tresen bediente und Rico zur Hand ging, kam herein. Sie hatte einen Putzeimer in der einen und einen Schrubber in der anderen Hand.

«Mach mal 'nen Abgang hier, ich muß putzen», sagte sie.

Aber die beiden Männer reagierten nicht darauf. Jaco zischte Piet an: «Ich und Muffe? Sag mal, dir haben sie wohl ins Hirn geschissen.» Er lachte plötzlich auf. «Ja, genau, daher kommt das, daß du gaga bist... Da hat einer aufgemacht, reingeschissen und vergessen umzurühren!»

Ohne Vorwarnung stürzte sich Piet auf Jaco. Aber der hatte genau darauf gewartet. Er schlug an der Kante des Tresens einer Flasche den Hals ab und hatte nun plötzlich eine gefährliche Waffe in der Hand. Piet achtete nicht darauf. Er sah rot vor Wut, landete einen ersten Schlag, wurde aber gleichzeitig durch die Flasche am Arm verletzt. Er heulte auf wie ein Tier. Statt auszuweichen, schlug er Jaco eine blitzsaubere Doublette an den Kopf. Jaco stolperte nach hinten, die Flasche glitt ihm aus der Hand. Das Blut von Piets Arm spritzte und färbte Jacos Gesicht rot. Der nächste Schlag traf Jaco am Kinn und riß ihn vollends von den Beinen. Als er auf den Rücken stürzte, war Piet sofort über ihm.

Doch jetzt hob Ilona den Eimer mit Putzwasser und schüttete den Inhalt schwungvoll auf die Streithähne. Das half. Piet kam zu sich. Sofort war er wie verwandelt. Ein Lächeln huschte über sein Gesicht, als er Ilona anschaute.

«Danke. Ich hätt ihn totgeschlagen.» Damit ging er in Richtung Tür. Das Blut an seinem Unterarm versuchte er mit der bloßen Hand zu stoppen.

Ilona rief ihm nach: «Piet, komm zurück! Die Wunde muß versorgt werden!»

Piet winkte nur ab und verließ den Raum.

Rico Rottmann fand Piet im Hof. Der Boxer hatte die Seitentür des VW-Busses aufgeschoben und saß nun im Einstieg. Mit einem Taschentuch versuchte er die Wunde zu verbinden.

«Frierst du denn nicht?» fragte Rico.

Piet schüttelte nur den Kopf.

Rico untersuchte die Wunde. «Hast du dich wieder mit Jaco geprügelt oder was?»

Piet zuckte die Schultern. «Weiß nicht, kann sein.»

Rico faßte ihn am Arm und zog ihn mit sich in sein Büro. Dort wusch er die Wunde aus und komplimentierte Piet auf seinen eigenen Schreibtischsessel. Er holte die Hausapotheke, betupfte die Wunde mit Jod und begann fachmännisch einen Verband anzulegen. Dabei wirkte er besorgt. Immer wieder schaute er in Piets Gesicht, ob er nicht zu große Schmerzen hatte. «Du solltest dich nicht von ihm provozieren lassen.»

«Der hätte mich umgebracht, wenn ich nicht solche Reflexe hätte. Ich bin nämlich noch genauso schnell wie früher ... Und an meiner Kondition hab ich verdammt hart gearbeitet. Ich werd wieder boxen, Rico ...»

«Schlag's dir aus dem Kopf, Piet.»

«... Und das weiß der Jaco ganz genau. Er will mir's kaputtmachen.»

«Ich sag doch, schlag dir's aus dem Kopf!»

«Das verstehst du nicht. Ich *muß* wieder boxen, Rico! Ich war doch ganz kurz vor dem Kampf um die Europameisterschaft, und dann wären's höchstens noch zwei Kämpfe gewesen bis zur Weltmeisterschaft!»

Rico packte Piet mit einer zärtlichen Geste im Genick. «Vier wären's schon noch gewesen, aber dann hätten wir's gepackt, garantiert.»

«Sag ich doch!» Piet strahlte Rico an. «Du mußt mit dem Doc reden, Rico!»

Rico schaute den Boxer gedankenverloren an. «Du, Piet ...?»

«Hmmm?»

«Das weißt du doch: Du bist mein Freund, ob du nu Weltmeister bist oder nicht.»

«Klar weiß ich das. Wir sind Freunde. Aber der Jaco ist ein Hund. Der will mich fertigmachen. Doch der soll sich vorsehn, was ich über den weiß ...»

Rico schaute überrascht auf. Er ließ Piet ruckartig los. «Was ... was weißt du über Jaco?»

Piet reagierte, als ob er aus einem Traum aufwachte. «Was?»

Rico Rottmann insistierte: «Du hast gesagt: ‹Was ich über den weiß› ...»

«Keine Ahnung, warum ich das gesagt habe. Echt, du, ich kann mich nicht erinnern.»

11 Gächter traf den Jungen, der sich Heimo nannte, in einem kleinen Bistro im Leonhardtsviertel. Der Kommissar wies sich nicht aus und ließ sein Gegenüber zunächst in dem Glauben, er sei ein Kunde.

«Die Stunde zweihundert», war dann auch das erste, was Heimo sagte, «ohne Extras allerdings.»

«Und mit Extras?»

«Kommt drauf an, was Sie wollen.»

«Sagen wir mal: das gleiche wie Gerald Wanner.»

Blitzschnell war der Junge auf den Beinen. Das Bistrotischchen fiel um, seinen Stuhl schleuderte Heimo hinter sich, wieselflink rannte er zur Tür, riß sie auf und verschwand um die Ecke.

Gächter machte sich nicht die Mühe, dem Jungen zu folgen. Der würde leicht wieder aufzutreiben sein.

Jaco wirtschaftete hinter dem Tresen herum. Auch bei ihm waren die Spuren des Kampfes noch deutlich zu sehen.

Rico kam herein. «Hi!»

Jaco schaute kurz auf. «Hi, Rico, ein Bier?»

Rico schüttelte den Kopf, er musterte Jaco aus schmalen Augen. «Ich hab dir gesagt, fang keine Prügelei mit Piet Michalke an. Noch einmal, und du fliegst hier raus. Ist das klar?»

Jaco zeigte ein überlegenes Grinsen. «Sag mal, Rico ...» Er holte eine Zeitung unter dem Tresen hervor und knallte sie auf den Tisch. «Hast du das gelesen?»

Es war der Aufmacherartikel aus dem *Nachtkurier* über den mysteriösen Tod des Bankmanagers Dr. Wanner.

Rico winkte ab. «Da stellt keiner eine Verbindung zu uns her.»

«Ich schon», sagte Jaco mit einem lauernden Blick. «Wanner hatte Geschäfte in Höhe einer dreistelligen Millionensumme vor, steht da. Wie viele Nullen sind denn das?»

«Keine Ahnung.»

«Acht Nullen», sagte Jaco mit leisem Triumph in der Stimme. «Ein Prozent davon wär eine Million! Und von uns kassiert jeder lasche fünfzehn Mille ... Oder hast du mich beschissen?»

«Ist doch schnell verdiente Kohle», sagte Rico obenhin.

«Für dich vielleicht. Aber die Drecksarbeit hab ich gemacht. Meinst du, ich schüttel das so einfach aus den Klamotten?»

Rico runzelte mißtrauisch die Stirn. «Sag mal, was willst du eigentlich?»

«Was ich will? Hundert Riesen, oder ich laß die Geschichte auffliegen!»

Rico Rottmann gab sich überlegen. «Wie denn das? Du steckst doch selber mit drin bis Unterkante Oberkiefer.»

«Wenn ich alles rauslasse, was ich weiß ... natürlich erst, wenn ich weit genug weg bin ... dann siehst du verdammt alt aus.»

«Übernimm dich nicht!»

«Kein Kampf, kein einziger, den du veranstaltet hast, war sauber ... Jeder war doch vorher verkauft. Und jetzt noch das! Wenn du nicht nachlöhnst, pack ich aus. Und zwar gnadenlos!»

Rico hob abwehrend beide Hände. «Okay, okay – ich werde mit unseren Auftraggebern verhandeln. Aber überleg's dir noch mal. Fünfzehn Mille auf die Kralle sind besser als hundert Mille, die du nur verlangst!» Er ließ Jaco stehen und ging durch den Raum zur Tür seines Büros.

Jaco rief ihm nach: «Ich hab's gewußt, daß du mich verstehst.»

Rico wandte sich noch mal zu Jaco um. «Klar doch. Ich hab ja auch mal klein angefangen!»

Bienzle hatte schon schwierigere Ermittlungen erfolgreich abgeschlossen, und das sogar mit weniger Engagement. Diesmal war es nur darum gegangen, in welchem Haus der Clara-Zetkin-Straße Hannelore wohl zu tun haben konnte. Sie war Buchillustratorin, und in der Straße gab es einen kleinen Kinder- und Jugendbuchverlag.

Jetzt stand Bienzle gegenüber dem Verlagsgebäude auf dem Gehsteig zwischen einer Litfaßsäule und einer Telefonzelle. Der Wind peitschte nassen Schnee durch die schmale Straße. Jedesmal, wenn ein Auto vorbeifuhr, machte Bienzle zwei Schritte zurück, um nicht auch noch unten eingenäßt zu werden. Sein Blick war unverwandt auf den Eingang des Verlags gerichtet. Man sah hinter der schmalen Glasfront, zu der sechs Stufen hinaufführten, einen kleinen Empfangstresen, hinter dem eine ältere dicke Frau saß. Sie hatte ihm angeboten, im Foyer Platz zu nehmen, als er sich nach Hannelore Schmiedinger erkundigt hatte. Aber Bienzle gab vor, lieber an der frischen Luft zu warten.

Die nasse Kälte kroch in ihm hoch. Seine Nase kitzelte. Er würde einen Schnupfen kriegen, danach Halsschmerzen und schließlich Bläschen an den Lippen. So verlief jede Erkältung bei ihm. Leider bekam er nur selten so hohes Fieber, daß er sich guten Gewissens ein paar Tage ins Bett legen konnte. Aber das wäre jetzt ohnehin kein Vergnügen gewesen, solange ihn niemand mit Tee, Umschlägen und guten Worten umsorgte.

Endlich sah er Hannelore im Verlagshaus die Treppe herunterkommen. Sie grüßte beiläufig die dicke Dame am Empfang, kam zur Tür, schlug den Mantelkragen hoch und verließ das Haus. Bienzle wollte die Straße überqueren, wurde aber von einem vorbeifahrenden Auto zu einem Satz rückwärts gezwungen und konnte erst danach auf die andere Seite. Hannelore war schon ein paar Schritte die Straße hinunter, als er zu ihr aufschloß.

Bevor er sein erstes Wort herausbringen konnte, sagte sie, ohne sich nach ihm umzusehen: «Ich hab doch gesagt, ich melde mich.»

«Hast du aber nicht gemacht», gab Bienzle grimmig zurück.

«Wenn's soweit ist …»

«Aber ich muß das *jetzt* klären. Ich halt das nimmer aus. So kann man doch nicht leben.»

Endlich blieb Hannelore stehen. «Komm, laß uns was trinken gehen.»

Bienzle atmete auf. «Glühwein wär net schlecht bei dem Wetter.»

12 Rico Rottmann ließ seine 300 000-Mark-Limousine ausrollen, stieg aus, lehnte sich gegen die Karosserie und sah auf den Neckar hinunter. Hinter ihm lag das Rosensteinschlößchen. Einst vergnügten sich hier die württembergischen Herzöge und später die Könige, nachdem Napoleon sie zu solchen ernannt hatte. Jetzt beherbergte das Lustschloß ein Naturkundemuseum. Der Schneefall hatte nachgelassen. Rechts unter dem kleinen Hügel lag das Mineralbad Leuze. Warme Nebeldämpfe stiegen aus den Freibecken und verbreiteten sich in wabernden Wolken. Schemenhaft sah man dazwischen einzelne Schwimmer, jene Unermüdlichen, die bei jedem Wetter im Freien schwammen.

Ein Wagen rollte heran. Rico spuckte seine Zigarette auf den Boden, ohne die Hände aus den Taschen zu nehmen, und trat den glühenden Stummel aus. Frank stieg nicht aus. Er ließ die Scheibe auf der Fahrerseite herunter und sah Rico fragend an.

«Die Berichte in den Zeitungen ... Ich hab den Wanner zwar gekannt, aber daß er Geschäfte in solchen Größenordnungen gemacht hat ...»

«Was geht Sie das an?»

«Riewers hat das auch mitgekriegt, und jetzt verlangt er einen Nachschlag.»

«Haben Sie sich etwa darauf eingelassen?»

«Erst mal wollte ich mit Ihnen reden.»

«Wieviel?»

«Hunderttausend.»

Frank schnaubte geringschätzig. «Ich bin davon ausgegangen, daß Sie Ihre Leute sorgfältiger auswählen.»

«Sie haben mir nicht genügend Zeit gelassen.»

«Es *war* nicht mehr Zeit!»

Es trat eine Pause ein. Rico schob sich eine neue Zigarette zwischen die Lippen, zündete sie aber nicht an. Sie wippte auf und ab, als er nun fragte: «Was machen wir jetzt?»

«Wir? Es ist Ihre Sache. Bringen Sie mich damit auf keinen Fall in Verbindung. Und wenn noch mal auch nur die geringste Irritation auftritt, ist mit Ihrem Boxcamp schneller Schluß, als Sie sich vorstellen können.»

«Auch ich hab da eine Menge Geld reingesteckt ...»

«Und Sie haben über zweihundertfünfzigtausend Mark Schulden, ich weiß. Jedenfalls können Sie sich keinen Fehler mehr leisten, Rottmann!» Damit schloß er das Fenster und fuhr davon.

Bienzle und Hannelore waren oft in die kleine Canstatter Weinstube gegangen, wenn sie keine Lust hatten zu kochen, oder wenn sie unter Leuten sein wollten, ohne mit ihnen reden zu müssen. Der Wirt hielt herzhafte Kleinigkeiten zu seinen Weinen bereit: Blut- und Leberwurst mit Sauerkraut, frischen Leberkäs direkt aus dem Backofen, Maultaschen in der Brühe oder geschnitten und mit Ei überbacken.

Eine Flasche Uhlbacher Trollinger hatten sie schon geschafft. In der kleinen Gaststube war es warm und gemütlich. Die Gespräche an den anderen Tischen mischten sich zu einem undeutlichen Gemurmel. Unvorstellbar, daß hier einmal einer zu laut würde. Man trank mäßig.

Deshalb zog der Wirt auch leicht eine Augenbraue in die Höhe, als Bienzle eine zweite Flasche bestellte.

«Du spinnst», sagte Hannelore lachend.

«Stimmt», gab Bienzle zurück. Er nahm ihre Hand, während der Wirt die leere Flasche vom Tisch räumte. «Weißt, was die Steigerung von Dackel ist?»

«Halbdackel», antwortete Hannelore prompt.

Bienzle nickte. «Genau. Und danach kommt Grasdackel und so weiter bis zum Allmachtsgranateprachtsdackel. Und genau das war ich.»

«Mach jetzt bloß keine billigen Versöhnungsangebote.»

«Wenn ich wüßt, wie die teuren gehen – mir dät's nicht drauf ankommen.»

Hannelore mußte unwillkürlich lachen.

Bienzle schüttelte den Kopf. «Ausgerechnet der Kocher!»

«Jetzt mach aber mal einen Punkt», fuhr sie ihn an. «Männer machen so was jeden Tag und immer wieder, und wenn eine Frau noch mal ausprobieren will, wie das so ist mit einer neuen Liebe …»

«Ja und? Wie ist es?»

«Willst du's wirklich wissen?»

«Um Gottes willen: nein!» sagte Bienzle schnell.

«Wunderbar, es war wunderbar, aber eben nicht von Dauer.»

Bienzle mußte schlucken. «Wunderbar? So, so …»

Hannelore nickte nachdrücklich. «Im Grund hätt's jeder sein können. Du hast doch nur noch für deinen Beruf gelebt …»

Bienzle wollte etwas dazu sagen, aber Hannelore ließ ihn nicht zu Wort kommen. «Du hast das gar nicht gemerkt. Aber jetzt sei einmal ehrlich: Hast du dir irgendwann Gedanken über meine Bedürfnisse gemacht?»

Bienzle nickte zerknirscht. «Du hast ja recht.»

Hannelore sah ihn von der Seite an. «Au, das ist gefährlich, wenn du mir so schnell recht gibst. Denk lieber drüber nach!»

Inzwischen war die neue Flasche Wein gekommen, der Wirt hatte sie bedächtig entkorkt und füllte danach die beiden Gläser. Er ließ sich bewußt Zeit, um ein bißchen mitzuhören, was die beiden redeten. Natürlich war auch ihm nicht entgangen, daß Hannelore und Bienzle offensichtlich auseinander waren. Warum sonst hätten sie wohl seine Weinstube seit Wochen nicht mehr betreten?

Bienzle hob sein frisch gefülltes Glas. «Und wann kommst wieder heim?»

«Ich weiß nicht.»

«Neulich hab ich g'lesen, das Alleinleben kann einen süchtig machen», sagte Bienzle. «Also auf mich trifft das absolut nicht zu.»

«Na ja, im Augenblick kann ich's durchaus noch genießen», gab Hannelore zurück. «Ob ich nun einen Partner habe, der nie Zeit hat, oder keinen Partner ...»

«Hast denn nicht zugehört? Ich sag doch, ich werd mich bessern», beteuerte Bienzle.

Etwa um die gleiche Zeit kehrte Rico Rottmann von seinem Treffen mit Frank zurück. Die Angels saßen um die Tische der Bar und diskutierten die Aussichten Zletkos bei seinem Qualifikationskampf für den Titelfight. Überall in der Stadt hingen jetzt die Plakate. Die Zeitungen berichteten täglich über die Vorbereitungen für den Boxkampf. Stuttgart lag zwar nicht im Boxfieber, aber das Interesse war für die gemächliche schwäbische Metropole doch außergewöhnlich groß. Die Plakate zeigten Zletko Mirkovicz in der Position des Angreifers. Die Werbeleute sparten nicht mit Superlativen: «Der Kampf des Jahres», «Der ultimative Fight», «Zletkos größter Schritt auf dem Weg zur Weltmeisterschaft», schrie es von den Plakatwänden und Litfaßsäulen herab.

Rico machte die Tagesabrechnung. Ilona servierte die letzte Runde Bier und kündigte an, daß danach Schluß sei. Rico holte sich eine Champagnerflasche und stellte sie in einen Eiskübel.

Jaco Riewers beobachtete ihn aus den Augenwinkeln und sagte betont beiläufig: «Hast du mit ihm geredet?»

Rico antwortete im gleichen Ton: «Ja, sicher.»

«Und?»

«Sieht so aus, als wollt er nachschießen.»

«Hundert Mille, drunter geht nichts ...»

Als Hannelore und Bienzle die Weinstube verließen, hatte es endgültig aufgehört zu schneien. Der Himmel riß auf, zwischen den Wolkenfetzen, die in schneller Fahrt dahinjagten, sah man einen halben Mond und, wenn sich die Augen gewöhnt hatten, auch einzelne Sternbilder. Es war noch kälter geworden. Unter den Schuhen knirschten die Eiskrusten.

«Wir nehmen ein Taxi», sagte Bienzle.

«Zwei Taxis», korrigierte ihn Hannelore.

«Ja, ich hab denkt ...»

Hannelore legte ihren Zeigefinger auf Bienzles Nasenspitze. «Nicht was du denkst, gilt, es gilt nur, was ist!»

«O du liabs Herrgöttle von Biberbach ...», entfuhr es Bienzle.

Hannelores Finger rutschte etwas tiefer und verschloß ihm die Lippen. Dann nahm sie den Finger weg und küßte ihn kurz auf den Mund. «Laß mir noch ein bißchen Zeit, Bienzle.» Im nächsten Moment schon winkte sie ein vorbeifahrendes Taxi heran. Im Einsteigen rief sie Bienzle noch zu: «Ich sag dem Fahrer, er soll dir auch eins rufen.» Und weg war sie.

Bienzle stand breitbeinig auf dem vereisten Gehweg und wußte nicht, ob er nun glücklich oder traurig sein sollte. Immerhin hatte er ein Versprechen herausgehört, und das war entschieden mehr als alles, was er sich in den angstvollen Wochen zuvor ausgemalt hatte.

Eigentlich konnte er die Viertelstunde zur Stafflenbergstraße hinauf auch laufen. Der Taxifahrer würde einen anderen Fahrgast finden. Und die Nacht war so wunderbar klar. Man konnte die Luft einatmen bis zu den Zehenspitzen. Als Bienzle losstapfte, begann er sogar ein wenig dazu zu singen. Erst als er sich dabei ertappte, daß er «Veronica, der Lenz ist da» sang, brach er schlagartig ab. Und zwar just bei der Zeile: «Die ganze Welt ist wie verhext, Veronica, der Spargel wächst …»

13

Piet Michalke lag auf seinem Bett und schaute wie jeden Abend die Videos seiner Kämpfe. Die Tür ging auf, und Rico Rottmann betrat Piets Bude. Er hatte den Eiskübel mit der Champagnerflasche und zwei Gläser in der Hand.

Piet freute sich. «Mensch, daß du mal raufkommst ...»

Rico ließ sich neben Piet auf dem Bettrand nieder und reichte ihm die Flasche. «Machst du gerade mal auf?» Dann sah er auf den Bildschirm. «The Best of Piet Michalke», sagte er lachend. «Da, schau dir das an. Sechs, sieben Schläge von Vascano, absolut wirkungslos, weil deine Deckung undurchdringlich ist. Und jetzt kommt gleich deine Doublette an seine Stirn ... Da! Und gleich darauf der Leberhaken. Der Vascano hat keinen von den drei Schlägen auch nur geahnt, geschweige denn kommen sehen.» Ricos Begeisterung war echt. «Einen Boxer mit deinen Reaktionen gibt es alle fünfundzwanzig Jahre einmal.»

Piet ließ das Band zurücklaufen, um die gleiche Passage noch einmal anzuschauen. «Vascano war ein verdammt starker Gegner», sagte er.

Sie verfolgten die Runde zum zweitenmal, bis der Gong ertönte. Man sah auf dem Bildschirm, wie Piet mit erhobenen Armen in seine Ringecke ging, wo er von Rico Rottmann erwartet wurde, der den Daumen hob. Piet schaltete das Videogerät aus.

Rico sagte: «Das war die entscheidende Runde. Von da an war sein Widerstand gebrochen. Ich sag dir was: Das war unser wichtigster Sieg. Mensch, Piet, das waren noch Zeiten!»

Piet hatte jetzt die Flasche geöffnet und goß den Champagner ein. «Dir geht's doch heute tausendmal besser!»

Rico wiegte den Kopf. «Finanziell vielleicht, aber das kannst du alles mit damals nicht vergleichen. Menschenskind, ich hab vor so 'nem Kampf keine Stunde geschlafen. Immer und immer wieder bin ich die Taktik durchgegangen. Was hab ich manchmal für Zweifel gehabt ...!»

«Hör mal», sagte Piet Michalke, «wir haben alle meine Profikämpfe gewonnen, sechzehn sogar durch k.o. Bis zu dem Unfall.» Er reichte Rico ein Glas. Sie tranken sich zu.

«Ja», sagte Rico, «du warst absolut einmalig. Eine Klasse für sich. So einen wie dich müßt ich noch mal haben.»

Im Brustton der Überzeugung sagte Piet: «Ich komm zurück, Rico!»

Rico leerte sein Glas in einem Zug. «Schön wär's ja. Trinken wir noch ein Glas darauf!»

«Auf mein Comeback?»

Rico wich aus: «Auf alles, was uns wichtig ist!»

Auch Piet leerte sein Glas schnell. «Mir ist nichts anderes wichtig!» Er spürte, wie ihm der Schampus in den Kopf stieg, aber er genoß diese Minuten mit seinem Freund Rico. «Ach was, einmal ist keinmal», sagte er laut, um sich selbst zu beruhigen, und goß noch einmal nach. Er legte seine Hand auf Ricos Arm. «Rico, das muß ich dir mal sagen. Ich weiß genau: Ohne dich wär ich heut total am Arsch ... 'n Penner im Park, der Platte macht!»

Rico Rottmann schüttelte den Kopf. «Du doch nicht, Mann. Du hattest immer einen starken Willen und einen guten Charakter ...»

«Nee nee ...» Piet Michalkes Zunge wurde schwer. «Ich wär vor die Hunde gegangen!» Er ließ sich auf die Matratze fallen. «Aber wenn die Verletzung nicht gekommen wär: Ich wär Weltmeister geworden, und zwar für viele Jahre!»

Rico nickte: «Darauf kannst du beliebig viele fahren lassen.»

Piet richtete sich noch mal halb auf. «Du, Rico, neulich Nacht …»

Rico war sofort hellwach. «Was meinst du?»

«Der Pickup … der Jaco … Der Jaco ist kein Guter … Rico, du mußt dich vor dem Jaco in acht nehmen. Der ist kein guter Mensch, und deshalb war er auch nie ein guter Boxer. Nie! Aber ein hinterhältiger Hund … Du mußt aufpassen, laß ihn nicht so nah an dich ran. Im Clinch, verstehste, im Clinch ist der gefährlich. Aber ich paß auf … Auf mich kannst du dich verlassen …»

Rico faßte in Piets Nacken und schüttelte ihn sanft. «Weiß ich doch, Piet, weiß ich doch.»

Piet Michalke nickte schwer. «Ja, du weißt das!» Die Augen fielen ihm zu.

Rico schaute auf ihn hinab. Fast zärtlich deckte er ihn zu. Leise sagte er: «Schlaf gut, Kumpel!» Es klang liebevoll.

Jaco schloß die Tür zur Bar ab und machte sich auf den Weg durch die Halle zum hinteren Hof, wo er seinen Wagen geparkt hatte. Als er am Boxring vorbeikam, flammte ein Scheinwerfer auf und blendete ihn. «Ey, was soll'n der Scheiß?» rief er. Ein Schlag gegen die Stirn, ein heißer Schmerz zwischen den Augen, Blutgeschmack auf der Zunge. Das Licht wurde unerträglich grell, ehe es endgültig erlosch.

14

Ilona war immer die erste am Morgen. Heute schien das anders zu sein. Sie wunderte sich, daß Jacos Auto schon auf dem Parkplatz stand. Und dann war die Tür doch abgesperrt. Leise pfeifend schloß sie auf. Ein vorbeifahrender Mann rief höflich herüber: «Vögel, die morgens pfeifen, holt abends die Katz!»

Ilona lachte zurück und rief: «Vorher hack ich ihr die Augen aus!» Dann ließ sie die Tür hinter sich zufallen. In der hohen Halle fror es einen frühmorgens immer, egal, wie die Heizung eingestellt war. Sogar im Hochsommer war's hier morgens kalt.

Ilona durchschritt den großen Raum schnell. Doch dann sah sie Jaco Riewers. Die Beine leicht gespreizt, die Arme ausgebreitet, lag er auf dem Rücken. In der Mitte der Stirn, genau zwischen den Augen, ein kreisrundes, kleines, blutverkrustetes Loch, aus dem ein schmales, getrocknetes Rinnsal halb über die Nase und dann schräg über die Wange bis unter das rechte Ohr verlief. Ilona registrierte das alles. Sie schrie nicht vor Entsetzen auf. Sie stand nur da wie gelähmt. Ihr war so kalt. Plötzlich überfiel sie ein Schüttelfrost. Das Entsetzen drückte sie in die Knie.

So fand sie Otto Pahlke, der Trainer: auf den Betonboden gekauert und zitternd. Nur ein ganz leises Wimmern war zu hören. Der alte Boxer hob das Mädchen auf und schloß seine mächtigen Arme um sie. Langsam ließ Ilonas Schock nach.

Otto-Otto war es denn auch, der die Polizei und den Notarzt alarmierte.

Eine Stunde später wimmelte die Halle von Polizei.

Bienzle hatte sich mit Rico Rottmann in eine Ecke zurückgezogen.

Rico sagte gerade: «Er war ein prima Kumpel.»

«Boxer?» fragte Bienzle.

«Früher mal gewesen. Jetzt hat er hier den gastronomischen Teil gemanagt.»

«Haben Sie einen Verdacht?»

«Nein.»

Nadja trat hinzu. «Warum sagst du's denn nicht? Piet Michalke hätte ihn doch schon gestern nachmittag beinah totgeschlagen, wenn Ilona nicht dazwischengegangen wäre!»

Rico machte ihr ein Zeichen, sie solle sich da bitteschön heraushalten, was Bienzle natürlich nicht entging. «Piet Michalke», sagte der Kommissar, «den Namen habe ich doch schon mal gehört.»

«Der beste Mann, der hier je geboxt hat! Allerdings ist er seit seinem Ringunfall nicht mehr einsatzfähig.»

«Was für ein Ringunfall?»

«Ein Niederschlag ... Er ist zwar gleich wieder aufgestanden und hat sogar den Kampf noch gewonnen, aber in der Kabine ist er dann ohnmächtig zusammengebrochen. Seitdem ...» Rico Rottmann machte eine unbestimmte Geste.

«Und wo finden wir ihn?»

Rico deutete mit dem Daumen zur Decke. «Er hat oben unterm Dach seine Bude. Aber da verwett ich meinen ganzen Laden hier, daß es der Piet nicht war.»

Bienzle ging zu Gächter und gab ihm seine Anweisungen. Dann wandte er sich wieder Nadja zu. «Sie mögen diesen Michalke nicht besonders, stimmt's?»

«Da ist nichts zu mögen», gab sie schnippisch zurück.

Piet Michalke hatte das Treiben in der Halle durch das kleine Fenster befremdet beobachtet. Er konnte sich keinen Reim darauf machen. Als er vorhin mit schwerem Kopf zu sich gekommen war, hatten die Beamten Jacos Leiche schon abtransportiert. Piet konnte sich auch nicht vorstellen, was die beiden Polizisten in Uniform und der Mann in Zivil von ihm wollen könnten.

«Sie hatten gestern eine Auseinandersetzung mit Jan Conrad Riewers?» fragte ihn der Mann in Zivil.

Piet zuckte die Schultern. «Mit dem Jaco? Kann sein.»

«Was heißt das: kann sein?»

«Was das heißt? Ich kann mich nicht erinnern ... Manchmal weiß ich nicht mal mehr, wie ich meine Schuhe zubinden muß.»

«Klingt wie eine erstklassige Ausrede für alles mögliche.»

Ilona tauchte im Türrahmen auf. «Stimmt aber», sagte sie.

Gächter schaute Ilona an. «Sind Sie seine Freundin?»

«Nee, ich arbeite nur hier ... unten am Tresen ... Aber wir verstehn uns ganz gut, der Piet und ich ...»

Die Beamten hatten begonnen, den Raum zu durchsuchen. Piet zog eine Jenas über die Boxershorts, in denen er offensichtlich geschlafen hatte. Einer der Polizisten hob die Matratze an. Der Lauf einer Pistole kam zum Vorschein.

«So blöd kann oiner alloi doch gar net sei», entfuhr es dem Polizeiobermeister.

Gächter ließ sich eine Plastiktüte geben. Vorsichtig umhüllte er damit die Waffe und hob sie hoch.

«Was ist denn das?» fragte Piet erstaunt.

«Ihre Pistole, nehm ich an», sagte Gächter.

«Ich hab doch keine Pistole!»

Ernst Bienzle stand noch bei Rico, als Gächter und die beiden Beamten Piet Michalke abführten. Sie hatten Piet Handfesseln angelegt. Gächter trug das Beweisstück. Michalke schaute sich hilfesuchend um.

«Das ist aber schnell gegangen», sagte Bienzle.

«Die Waffe lag da, als ob serviert wäre», gab Gächter zurück.

Bienzle schaute Piet Michalke forschend ins Gesicht. «Haben Sie Jan Conrad Riewers erschossen?»

«Keine Ahnung!»

Rico fuhr dazwischen. «Quatsch! Die Waffe muß ihm einer untergeschoben haben.» Er ging zu Piet hinüber und legte seinen Arm um dessen Schultern. Zum erstenmal hellten sich Piet Michalkes Züge auf. «Ich kümmer mich drum, Piet. Ich häng mich voll rein. Kennst mich ja. Wir hauen dich da raus!»

«Rico, ich krieg das nicht zusammen ... Was machen die mit mir?» fragte Piet kläglich.

Rico tätschelte seinen Nacken. «Cool bleiben, mein Junge, ganz cool – wie im Ring. Jetzt bloß den Überblick nicht verlieren.»

Piet Michalke wurde abgeführt.

Wenig später verließen auch Bienzle und Gächter das Boxstudio.

«Und? Was ist mit Hannelore?» fragte Gächter.

«Wird scho wieder», gab der Ältere zurück. «Ich hab mit ihr g'schwätzt. Mei Vadder hat immer g'sagt: Die wird mit Schwarzbrot wieder gut, da braucht's koin Kuche!»

Gächter überzeugte das nicht besonders. «Wenn du dich da mal bloß nicht täuschst.»

Als sie in den Dienstwagen stiegen, sagte Gächter: «Wie teilen wir uns die Arbeit?»

«Du bleibst am Fall Wanner dran», sagte Bienzle, «ich kümmere mich um den Mord an Riewers.»

«Ja klar, weil der so gut wie aufgeklärt ist!»

Jetzt sagte Bienzle im gleichen Ton wie Gächter zuvor: «Wenn du dich da bloß nicht täuschst!»

15 Als Bienzle wenig später das Zimmer des Präsidenten betrat, telefonierte der gerade.

«Zu dem Boxkampf am Samstag? Nein, das geht leider nicht, ich habe Karten für's Alte Schauspielhaus.» Er legte auf und sah Bienzle an. «Sind aber noch keine vierzehn Tage.»

«So lang hat's net braucht», sagte Bienzle. «Ich melde mich zurück. Bin wieder dienstfähig, sozusagen ...»

«Also alles klar? Privatim, meine ich?»

«Es klärt sich.»

Der Präsident war sehr mit sich zufrieden. «Da kann man mal wieder sehen. Manchmal muß man nur ein bißchen Druck machen.»

Bienzle wollte ihm die Freude nicht verderben. «Ja, wahrscheinlich haben Sie recht», sagte er und ließ sich in die Sitzgruppe sinken, um seinem Chef einen Bericht über die neuesten Vorfälle zu geben.

Die Beamten hatten Piet Michalke zum Polizeipräsidium gebracht. Jetzt saß er, noch immer mit Handschellen gefesselt, im Verhörzimmer. Er hatte keine Ahnung, was mit ihm geschah und was möglicherweise auf ihn zukommen würde. Die Bilder der letzten Stunden hatten sich in seinem Kopf zu einem unüberschaubaren Muster zusammengeschoben. Sein Gehirn war damit überfordert, Ordnung in dieses Chaos zu bringen. Er fühlte sich unglücklich und ausgeliefert.

Bienzle kam herein. Er schob mit der Fingerspitze seinen breitkrempigen Hut in den Nacken und blickte Piet direkt in die Augen. Der Boxer wich Bienzles Blick nicht aus. Ein Boxer, hatte Bienzle einmal gelesen, könne nur erfolgreich sein, wenn er einen Killerinstinkt habe. Dieser Junge sah ganz und gar nicht danach aus. Andererseits wußte Bienzle natürlich, daß man dem ersten Eindruck niemals trauen durfte. Die wenigsten Mörder, die er dingfest gemacht hatte, sahen so aus, wie man sich einen Mörder vorstellte.

«Ich bin eigentlich kein Boxfan», begann der Kommissar und zog sich mit dem Fuß einen Stuhl heran, «aber Ihren Kampf damals gegen Tiger Louis hab ich gesehen.»

Piets Gesicht belebte sich. «Im Fernsehen?»

«Nein, live, in der Schleyerhalle. Abbruchsieg in der achten Runde.»

«In der fünften war er schon zweimal am Boden.»

«Daran erinnern Sie sich also noch genau?»

«Ja, an die alten Sachen schon.»

Gächter kam herein und legte ein Schriftstück vor Bienzle auf den Tisch. Bienzle studierte es kurz, während sich Gächter an die Wand lehnte.

«Die tödliche Kugel stammt aus der Waffe, die wir bei Ihnen gefunden haben», sagte Bienzle.

«Hä?»

Bienzle fuhr fort: «Keine Fingerabdrücke. Können Sie sich erinnern, ob Sie die Waffe abgewischt haben?»

«Keine Ahnung ...»

Gächter regte sich auf. «Mein Gott, glauben Sie doch nicht, daß Sie uns was vormachen können! Es spricht nun wirklich alles gegen Sie! Sie haben diesen Riewers kaltblütig abgeknallt.»

Bienzle sah Gächter befremdet an. Wenn sie ein Verhör so aufteilten, daß einer den «Good Guy» und der andere den «Bad Guy» spielte, Gächter also den harten Zutreiber und Bienzle den verständnisvollen Menschenfreund, dann war das vorher immer genau abgesprochen.

«Gächter, gib mir mal deine Dienstwaffe», sagte Bienzle plötzlich.

«Warum das denn?»

«Weil ich meine wieder amal net dabei hab», gab Bienzle lakonisch zurück.

Gächter holte die Waffe aus dem Holster und legte sie auf den Tisch. Bienzle wandte sich an Michalke: «Nehmen Sie die Pistole!»

Piet starrte Bienzle an. «Warum das denn?»

Gächter rief warnend: «Hey, Bienzle ...!»

Bienzle wiederholte sanft insistierend: «Nehmen Sie die Waffe bitte mal in die Hand.»

Zögernd, ja ängstlich griff Piet Michalke nach der Walter PK. Er drehte sie ratlos hin und her. Bienzle sprang auf und nahm Piet die Waffe aus der Hand.

«Waren Sie denn nicht beim Bund?»

«Nee», gab der Boxer verständnislos zurück.

Bienzle war schon auf dem Weg zur Tür. «Kommen Sie!» rief er. «Du auch, Gächter!»

Zwanzig Minuten später betraten sie den Polizeischießstand. Eine Polizeieinheit absolvierte ihre routinemäßigen Übungen. Der Ausbilder war ein Hauptkommissar namens Keuerleber, ein alter Kollege Bienzles, mit dem dieser die Leidenschaft für einen guten Wein, schwäbisches Essen und gelegentliche Wanderungen auf der Schwäbischen Alb teilte. Bienzle trat auf Keuerleber zu und trug ihm sein Anliegen vor. Keuerleber nickte. Ihm kam das offensichtlich alles ganz normal vor, was Gächter sehr an der Vernunft des Schießausbilders zweifeln ließ.

Keuerleber verteilte Ohrenschützer an Bienzle, Gächter und Piet Michalke und wies ihnen eine Schießbahn zu. Piet Michalke schaute sich interessiert um. Das war alles neu und spannend für ihn. Bienzle nahm ihn am Arm und führte ihn zur Schußposition. Gächter reichte Piet auf Bienzles Geheiß wieder seine Dienstpistole. Keuerleber legte unwillkürlich die Hand an seine eigene Waffe.

«Ruhig», sagte Bienzle zu Piet und dann: «Entsichern!»

Piet schaute den Kommissar fragend an: «Was?»

«Die Waffe entsichern ...»

Piet Michalke betrachtete ratlos die Pistole. Keuerleber schaute Bienzle fragend an. Bienzle nickte zustimmend. Daraufhin ging Keuerleber zu Piet und entsicherte die Waffe. Unwillkürlich trat Gächter einen Schritt näher, so daß er jetzt dicht hinter Michalke stand.

Keuerleber wollte dem Boxer etwas erklären: «Sie müssen ...», aber Bienzle gab dem Kollegen rasch ein Zeichen. Genau das wollte er nicht. Und dann erstarrten plötzlich alle vor Schreck. Piet Michalke wollte seinen Ohrenschutz zurechtrücken und hielt dabei die entsicherte Pistole so in der Hand, daß er sich jederzeit selbst in den Kopf schießen konnte. Ein kleiner Ruck des Zeigefingers hätte genügt. Schnelle Blicke zwischen Bienzle, Gächter und Keuerleber. Sie hielten den Atem an. Jetzt nichts sagen und keine raschen Bewegungen. Michalke nahm die Hand vom Ohrenschützer und senkte sie wieder mitsamt der Waffe. Im gleichen Augenblick sprang Gächter hinzu und packte die Pistole.

«Was ist denn?» fragte Piet irritert.

Keuerleber und Bienzle stießen die Luft aus, die sie die ganze Zeit angehalten hatten.

Gächter sagte: «Sie hätten sich um ein Haar selber in den Kopf geschossen.»

Piet Michalke schaute Gächter zunächst verständnislos an, dann begriff er plötzlich. Er fand die Vorstellung wahnsinnig komisch und bekam einen richtigen Lachanfall.

Bienzle trat dicht zu ihm und faßte ihn sanft am Arm. «So, und jetzt schießen Sie auf den Pappkameraden da vorne …»

Michalke hob die Waffe mit einer Hand. Keuerleber schüttelte den Kopf, wurde aber durch einen Blick Bienzles erneut daran gehindert, etwas zu sagen. Piet schoß. Es verriß ihm wegen des unerwarteten heftigen Rückschlags die Waffe nach oben. Das Geschoß fuhr himmelwärts.

«So treffen Sie nie», sagte Keuerleber. «Sie müssen Ihre Waffe beidhändig halten, die Beine auseinanderstellen und leicht in die Knie gehen, ehe Sie abdrücken.»

Er machte es vor, und Piet ahmte es nach. Dann schoß er erneut.

Keuerleber kontrollierte das Ziel. «Getroffen!» rief er.

Piet Michalke strahlte über das ganze Gesicht.

Der Chef der Schießbahn trat zu Bienzle und sagte leise: «Also, wenn Sie mich fragen: Der hat noch nie in seinem Leben eine Handfeuerwaffe in der Hand gehabt, oder er ist ein gnadenlos guter Schauspieler!»

Bienzle nickte wie jemand, der sich bestätigt fühlt.

Bienzle, Gächter und Piet Michalke kamen ins Präsidium zurück. Diesmal gingen sie in Bienzles Büro. Der Kommissar wies dem Boxer einen Stuhl an. Gächter lehnte sich ans Fensterbrett und begann Zigaretten auf Vorrat zu drehen.

Bienzle nahm den Platz hinter seinem Schreibtisch ein. «Sie machen's einem aber auch nicht leicht, Herr Michalke», seufzte er.

Piet hob resignierend die Schultern.

Bienzle beugte sich vor. «Können Sie sich denn an überhaupt nichts erinnern?»

«Das ist doch Absicht», bellte Gächter.

Michalke warf Gächter einen unsicheren Blick zu.

Bienzle fragte: «Was machen Sie denn so abends?»

«Meistens Videos gucken.»

«Videos von Ihren Kämpfen?»

Piet nickte.

«Und Sie gucken ganz allein?»

«Manchmal kommt der Rico rauf ...»

«Gestern abend auch?»

Piet dachte nach. «Vielleicht ...»

«Was heißt denn das: ‹vielleicht›?» rief Gächter herüber.

Piet fuhr heftig herum und wurde laut. «Wenn ich's doch nicht mehr weiß ... Es ist viel passiert in letzter Zeit ... Und ich krieg das alles nicht mehr zusammen!»

Auf Bienzle wirkte der Satz «Es ist viel passiert in letzter Zeit» wie elektrisierend. Gächter wollte etwas sagen, aber Bienzle stoppte ihn mit einer Handbewegung. «Was ist denn so passiert in letzter Zeit?»

Piet Michalke sprach jetzt wie in Trance. «In der Nacht ... hinten auf dem Hof ... Da waren die Männer ... der Pickup ... und ...»

Weiter kam er nicht. Dr. Kocher platzte förmlich in Bienzles Büro und legte los, noch ehe er ganz durch die Tür war: «Also, die Ballistiker haben die Flugbahn rekonstruiert. Dieser Riewers ist aus etwa zwei Metern Entfernung erschossen worden.»

Bienzle sackte in sich zusammen. Gächter verdrehte die Augen zur Decke.

Kocher sah vom einen zum andern. «Ist was?»

Bienzle hob resignierend die Arme.

Piet Michalke sagte, als ob er die beiden trösten müßte: «Ich wär sowieso nicht drauf gekommen.»

Bienzle wandte sich wieder dem Boxer zu. Kocher stellte sich still in die Ecke. Freundlich sagte der Hauptkommissar: «Wir wollen noch mal versuchen, uns zu erinnern, was gestern und vorgestern alles passiert ist.»

«Ich kann's probieren.» Aber dann geschah erst mal gar nichts.

Gächter wurde ungeduldig. «Ja, los!»

Bienzle warf seinem Kollegen einen ungnädigen Blick zu.

Man sah, wie sehr sich Piet Michalke bemühte. «Ich hab die Bandenwerbung vom Expreß holen sollen, aber der Pick-up ist weg gewesen ... Gestohlen, hat der Jaco gesagt ... Das muß irgendwann gegen Morgen passiert sein. Nachts ist er nämlich noch dagewesen.»

«Letzte Nacht?»

«Weiß nicht, kann auch vorgestern gewesen sein.»

Gächter verdrehte entnervt die Augen. Was sollte das bringen?

«Sind Sie denn nachts noch unterwegs gewesen?» fragte Bienzle geduldig.

«Ich hab was gehört. Im Hof ...»

«Und? Sind Sie runtergegangen?»

«Nein, niemals ... Bloß das eine Mal, und das war ein Glücksschlag, ein richtiger Lucky Punch war das ... Genau, ein Lucky Punch ...»

«Ob Sie in der Nacht *in den Hof* runtergegangen sind?» Bienzle betonte jede Silbe.

«Wie? Was? Wann?»

Kocher sagte: «Für den werden Sie noch viel Geduld brauchen, Herr Bienzle.»

Piet Michalke wurde von einem Vollzugsbeamten zu seiner Zelle geführt. Auf den Armen trug er zwei Wolldecken, ein Kissen, karierte Bezüge und Plastikgeschirr. Die anderen Gefangenen standen in den Gängen und begrüßten ihn. «Ey, ich hab dich damals gesehen, gegen Santana», rief einer. Und ein anderer: «Am besten boxt du gleich mal gegen den Oberaufseher.» – «Bist 'n Klassetyp», rief ein dritter. «Hör nicht auf den», schrie ein anderer, «der nagelt dich mit seinem Schwanz an die Wand!» Gelächter. Die schwere Tür fiel hinter Piet Michalke ins Schloß. Er warf die Decken und das Geschirr auf die Matratze. Mit hängenden Armen stand er mitten in der Zelle. Tränen stiegen ihm in die Augen.

16

Gächter war noch mal zum Haigst hinaufgefahren. Er wunderte sich, daß die Kollegen die Tür zu Wanners Wohnung nicht versiegelt hatten. Jetzt war sie nur angelehnt. Vorsichtig trat Gächter ein. Vor der großen Panoramascheibe sah er die Silhouette eines schmalen Mannes. Er trug ein engtailliertes schwarzes Hemd und knappsitzende schwarze Lederhosen. Als er sich umdrehte, hatte diese Bewegung etwas besonders Elegantes.

«Wer sind Sie?» fragte Gächter.

«Und Sie?»

«Kommissar Gächter von der Mordkommission.»

«Camil Conradi», stellte sich der andere vor.

«Der Tänzer?»

Ein leichtes Lächeln umspielte Conradis Mundwinkel. «Der Choreograph», verbesserte er.

«Und wie kommen Sie hier herein?»

«Ich hatte noch einen Schlüssel.»

«Noch?»

«Ja – wir waren schon seit ein paar Monaten getrennt, Gerald und ich.»

«Ach, Sie waren sein ...» Gächter fiel das passende Wort nicht ein.

«Sein Lebenspartner, ja», antwortete Conradi wieder mit diesem feinen Lächeln. «Aber dann wurde sein unseliger Hang zu diesen jungen Dingern immer stärker. Ich war ihm nur noch im Weg. So eine Art Midlife-Crisis, verstehen Sie? Aber ich wollte mir das nicht antun. Wenn er später wieder ruhiger geworden wäre, hätten wir vielleicht wieder zusammengefunden.»

«Das klingt ...», Gächter räusperte sich, «das klingt wie bei unsereinem.»

«Es *ist* wie bei Ihresgleichen», sagte Conradi.

«Glauben Sie, daß Wanner von einem dieser Jungen ermordet worden ist?»

«Mich verdächtigen Sie nicht?» fragte Conradi kokett.

«Darüber hab ich noch nicht nachgedacht.» Gächter sah auf Conradis feine schmale Hände.

«Ich hätte genügend Kraft», sagte der Tänzer. «In unserem Beruf ist man immer topfit, oder man steht auf verlorenem Posten.»

«Wo waren Sie in der Nacht zum Donnerstag?» fragte Gächter und gab seiner Stimme den Klang gelangweilter Routine.

«Ich habe bis kurz nach elf im Ballettsaal mit dem Corps gearbeitet. Danach sind wir ins *Türquaze* gegangen und haben gemeinsam gegessen. Die Nacht habe ich mit Albert» – er sprach den Namen französisch aus – «verbracht. Seine Hauswirtin wird das sicher bestätigen.»

«Danke», sagte Gächter. «Und nun zurück zu meiner Frage: Glauben Sie, daß es einer dieser Strichjungen gewesen sein könnte?»

«Fehlt irgend etwas? Geld, Schmuck, teure Geräte – Gerald hat immer von allem das Allerteuerste gekauft.»

Gächter schüttelte den Kopf. «Es sieht nicht so aus.»

«Dann hätte es nur ein Motiv geben können», sagte Conradi nachdenklich.

«Nämlich?»

«Wut, Ärger, Abscheu. Er hat die seltsamsten Dinge von den Jungs verlangt, was ich, nebenbei bemerkt, nie verstanden habe. Auch da ist es bei uns wie bei Ihresgleichen: Wenn man sich liebt, braucht man diese sexuellen Sensationen nicht.»

«Da kann ich Ihnen nicht widersprechen», sagte Gächter, dem der schwule Choreograph immer sympathischer wurde. Der Kommissar erzählte Camil Conradi von seiner Begegnung mit Heimo. «Kennen Sie den Jungen?»

«Ja, Gerald hat ihn schon damals manchmal mitgebracht, als wir hier noch zusammen wohnten. Sein größter Wunsch war es immer, daß wir mal eine *Menage à droit* versuchten, etwas, worauf ich mich niemals eingelassen hätte. Das hätte Gerald wissen müssen.»

«Haben Sie eine Erklärung dafür, daß der Junge auf und davon gerannt ist, als ich ihn auf Wanner ansprach?»

«Nein, aber mir fällt ein, daß er Gerald einmal gedroht hat. Er würde mit seinen Freunden wiederkommen und sie würden ihn fertigmachen.»

«Und? Trauen Sie ihm das zu?»

«Heimo? Nein. Das ist ein Maulheld. Im Grunde ein ängstliches Kind.»

«Angst kann in Aggression umschlagen», sagte Gächter.

«Mag sein.» Conradi schien nicht besonders überzeugt zu sein, daß dies bei Heimo der Fall sein könnte.

«Ich hab eine Suchmeldung rausgegeben. Über kurz oder lang haben wir den Jungen», sagte Gächter.

«Sie brauchen nur in den Mühlenweg sechzehn zu gehen», sagte Conradi.

Gächter sah aufmerksam auf. «Und was finde ich dort?»

«Dort finden Sie Heimo, und nicht nur ihn.»

Gächter fixierte Camil Conradi: «Ich denke, Sie machen sich nichts aus solchen Jungs?»

«Mir ist eine gute ständige Beziehung lieber. Aber die kann man nicht immer haben.»

Der Mühlenweg war eine kleine, gewundene Straße mit Ein- und Zweifamilienhäusern aus den dreißiger Jahren. Es wurde schon Abend, als Gächter dort ankam. Den Tag über hatte es getaut. An den Randsteinen standen Pfützen, deren Oberflächen jetzt wieder zu frieren begannen. Gächter schaute zum Himmel. Es war klar. Diese Nacht würde es noch richtig kalt werden.

Die Frau, die ihm öffnete, war etwa sechzig Jahre alt und ziemlich korpulent. Sie trug nur eine Kittelschürze, aus der dicke weiße Oberarme hervorquollen. Das gleiche unnatürliche Weiß zeigten die Ansätze ihres gewaltigen Busens. Ihre Haaren waren hennarot gefärbt und straff zu einem Kranz rund um den Kopf hochgerollt. Ihre dicken Füße steckten in Fellpantoffeln, die auf dem Fußrücken mit kleinen Stoffpüppchen geschmückt waren.

«Ja, bitte?» sagte die Frau abweisend.

Gächter zeigte seinen Ausweis. «Sie sind ...?»

«Klara Meißenbach.»

«Und das Haus gehört Ihnen?»

«Sind noch eine Menge Schulden drauf, aber sonst schon.» Sie bemühte sich, Hochdeutsch zu sprechen, aber es klang deutlich ein schwäbischer Dialekt durch. Bienzle, wenn er dabeigewesen wäre, hätte ihn leicht orten können. Diese harten Rs und langen As sprach man hoch droben auf der Schwäbischen Alb, in Ebingen zum Beispiel, das jetzt Albstadt hieß, weil man's mit anderen Städtchen und Dörfern zwangsvereinigt hatte.

«Was wollen Sie?» fragte Frau Meisenbach ungnädig.

«Bei Ihnen wohnt doch der Heimo?»

«Wer sagt das?» Frau Meisenbach gehörte nicht zu jenen Menschen, die ein Polizist einschüchtern konnte.

Gächter wollte sich ins Haus drängen, aber die Frau schob ihren fleischigen Körper so in den Türrahmen, daß sie den Durchlaß fast ausfüllte.

«Haben Sie irgendein Papier, das Ihnen das erlaubt?»

fragte sie ihn, noch immer um ein förmliches Schriftdeutsch bemüht.

«Ich führe Ermittlungen in einem Mordfall, und wenn Sie die behindern, fahren Sie leicht für ein paar Monate in den Knast ein», sagte Gächter böse und wider besseres Wissen.

«Da hätt i koi Angscht davor», sagte Frau Meisenbach, «aber was wird dann aus meine Bube?»

«Ja, die könnten Sie dann schlecht mitnehmen», sagte Gächter und grinste. «Also?»

Frau Meisenbach knurrte wie ein schlecht gelaunter Hund und machte den Weg frei.

Das Zimmer, in das sie Gächter führte, mußte so etwas wie der Gemeinschaftsraum sein. In der Ecke standen zwei Flipper, an der Wand auf einem Brett ein Fernsehapparat, auf dem Musik-Videoclips liefen. Aber die vier Jungs, die sich hier aufhielten, kümmerten sich weder um das Fernsehen noch um die Flipper, sie saßen ausnahmslos vor Computern und spielten mit großer Fingerfertigkeit und einem unglaublichen Reaktionsvermögen gegen ihre virtuellen Gegner.

Klara Meisenbach war dicht hinter Gächter getreten. Er spürte ihren Atem in seinem Nacken, ihre mächtigen Brüste drängten sich gegen seine Schulterblätter.

«Die Buben sind bei mir sehr gut aufgehoben», sagte sie.

Gächter war sprachlos. Ganz offensichtlich war die Frau eine Art Puffmutter für Strichjungen.

«Da ist einer, der will was von euch», rief sie über Gächters Schulter in den Raum. «Und außerdem gibt's Essen.»

Die Jungs schauten nur kurz auf. «Gleich!» rief einer, aber keiner ließ sich von seinem Bildschirm ablenken. Immerhin war zu erkennen, daß sie ihre Spiele zu einem Ende bringen wollten. Gächter ging in den Raum hinein, umrundete die Computertische und sah den Jungs in die Gesichter. Heimo war nicht dabei. Jeder der Spieler schaute kurz auf.

Alle hatten den gleichen taxierenden Blick. Gleichmütig wandten sie sich dann wieder ihren Spielen zu.

Fünf Minuten später hörte man den Klang eines Gongs durchs Haus schallen. Die Jungs verließen ihre Computer und verschwanden artig ins Bad, um sich die Hände zu waschen. Gächter war in den engen Flur getreten. Gegenüber der Haustür führte eine steile Treppe zu den oberen Räumen hinauf. Von dort kamen zwei weitere Jungen. Und dann hörte man noch eine Tür aufgehen und ins Schloß fallen. Am oberen Ende der Treppe erschien Heimo. Er hob den Kopf erst, als er auf den letzten drei Stufen war. Sein Blick fiel auf Gächters Gesicht. Das Erschrecken war deutlich zu erkennen. Einen Augenblick überlegte der Junge, ob er umkehren sollte. Doch dann nahm er die letzten drei Stufen in einem Satz und sprang Gächter mit einer solchen Wucht an, daß der das Gleichgewicht verlor und nach hinten stürzte. Sein Kopf schlug hart gegen den Türrahmen. Heimo sprang über ihn hinweg, durch die Tür und lief den kurzen Gartenweg hinunter. Er machte sich nicht die Mühe, das Türchen zu öffnen, sondern flankte über den Zaun und rannte das Sträßchen hinunter. Er war um die nächste Kurve verschwunden, noch ehe Gächter wieder auf den Beinen war. Der Kommissar hielt sich den Hinterkopf und spürte warmes, klebriges Blut.

Den Kopf über ein tiefgezogenes Waschbecken gebeugt, stand er Minuten später in Frau Meisenbachs Hauswirtschaftsraum. Klara wusch das Blut ab, desinfizierte die Wunde und klebte ein Pflaster auf die Stelle, nachdem sie die Haare drum herum abgeschnitten hatte.

«Wisset Se, wie ma bei ons dahoim sagt? Wer d'Angel zu früh zeigt, fangt wenig Fisch.»

«Was meinen Sie denn damit?»

«Sie hätten erst mit mir reden sollen. Ich hätt dann mit dem Heimo g'schwätzt. Mir hätt er alles beichtet. Jetzt treibt er sich wieder irgendwo in der Weltg'schicht rum, stirbt schier vor Angst und Heimweh und macht womöglich die nächste Dummheit.»

«Eine Dummheit nennen Sie das, wenn so ein Kerl einen Menschen umbringt?»

«A wa, doch der Heimo net. Nie im Leba!»

«Ihre Laienpsychologie in Ehren ...», sagte Gächter, aber Klara fuhr ihm über den Mund.

«Jedenfalls versteh ich mehr von dene Bube als Sie.»

«Man wird Ihnen Ihre Pension, oder wie Sie das nennen, zumachen müssen.»

Klara lachte nur ein kehliges Lachen. «Sie wäret net der erste, der das probiert und dabei saumäßig auf d'Gosch fällt.»

Während die Jungs aßen, versuchte Gächter ein Gespräch mit ihnen in Gang zu bringen. Aber das führte zu keinem Ergebnis. Drei der Jungs konnten ein schriftliches Einverständnis ihrer Eltern vorlegen, daß sie hier wohnen durften. Die anderen waren volljährig. Keiner war unter sechzehn. Und auf Klara ließen sie nichts kommen.

Eine Stunde später ging Gächter unverrichteter Dinge und mit einem Brummschädel davon. Der Brechreiz hielt den ganzen Abend an. Und er verstärkte sich rapide, wenn sich Gächter vorstellte, wie die Jungs loszogen, um «Kohle zu machen», wie sie es nannten. Es hatte so abgezockt geklungen wie bei einer professionellen Prostituierten. «Ich mach das eh nur, bis ich genug Geld beieinander habe», hatte einer von ihnen gesagt. Aber wer schaffte das schon? Bei den Huren war das unter Hunderten kaum eine. Und die Jungs hatten bestimmt keine besseren Chancen.

17

Den ganzen Tag über war Bienzle in guter Stimmung gewesen. Richtig stolz war er darauf, daß ihm der Trick eingefallen war, Michalke mit der Schußwaffe zu konfrontieren. Der Boxer hatte Jan Conrad Riewers nicht erschossen, dafür hätte Bienzle seine Pension verwetten können oder doch wenigstens die Kantinenmarken für den nächsten Monat. Wenn Michalke diesen Jaco hätte umbringen wollen, hätte er ihn mit seinen Fäusten totgeschlagen.

Der Kühlschrank war leer. Bienzle verließ die Wohnung wieder. Eigentlich wollte er nur an einem Wurststand eine heiße Rote essen, aber dann fand er sich doch bei Paolo wieder, dem sardischen Wirt am Biehlplatz – für Bienzle ein Ort, wo er sich fast so zu Hause fühlte wie in seinen vier Wänden. Er aß Spaghetti agli olio, trank einen leichten sardischen Weißen dazu und beobachtete die Gäste, bis ein guter Bekannter hereinkam – ein schwäbischer Rechtsanwalt mit dem italienischen Familiennamen Ladino und einem erfolgreichen Erststudium als Theologe. Noch heute genoß der Advokat das Kanzelrecht und predigte, taufte oder beerdigte, wenn es ihm danach war. Zudem war er Philosoph und ein begabter Schreiner. Erst kürzlich hatte er eine Kollektion Stühle ausgestellt, auf denen zwar kein Mensch sitzen konnte, die den Betrachter aber wegen ihrer skurrilen Formen faszinierten. Er schrieb auch manchmal: Sachbücher, philosophische Erörterungen, erotische Erzählungen, Filme. Von ihm stammte der Satz: «Die deutsche Kulturlandschaft beginnt in Palermo und endet in Tauberbischofsheim». Damit hatte er erst kürzlich versucht, einen befreundeten Schriftsteller davon abzubringen, nach Berlin zu ziehen.

«Wie geht's?» fragte er im Vorbeigehen einen alten Mann, der alleine an seinem Tisch saß.

«Geht so, i leb vernünftig, und wenn ich so weiter mach, dann werd ich achtzig.»

«Sagen Sie doch neunzig», meinte der Anwalt, «dann sind Sie net so im Zeitdruck.»

Bienzle lächelte. Wieder so ein Spruch, der zu seinem alten Freund Dieter Ladino paßte. Als er es neulich ablehnte, mit einem blasierten Richter herumzudiskutieren, begründete er das mit dem Satz: «Soll ich mit einem Brunnenfrosch über die Ozeane reden?»

Aufseufzend ließ sich Ladino jetzt neben Bienzle nieder. «I darf nix essen, ich hab scho wieder so zug'nomme», sagte er und bestellte bei Paolo eine gemischte Vorspeise, danach Spaghetti mit Meeresfrüchten und fragte auch gleich, ob am Ende wohl noch ein Tiramisu für ihn da sei.

«An was bischt grad?» fragte er Bienzle ein wenig später.

«Ich hab einen Boxer eingelocht, der jemanden erschossen haben soll.»

«Von Boxen versteh ich nichts.»

«Wenn er einen Anwalt braucht ...?» fragte Bienzle.

«Jederzeit!» sagte Ladino und schob die Platte mit den Vorspeisen in Bienzles Richtung.

«Ich bin auch zu dick», sagte der.

«Deshalb ißt ja au jeder von uns bloß d'Hälfte», sagte der Philosoph.

Später erzählte Bienzle vom Fall Wanner. Er habe davon gelesen, sagte Ladino. Aber Bienzles Verdacht, Frank könne bei der Ermordung des Bankers die Fäden gezogen haben, löste bei Ladino nur ein Kopfschütteln aus.

«Er hätte Wanner auch anders treffen können», sagte der Anwalt.

«Aha, und du weißt natürlich wie?»

«Ja, sicher. Wanner war schwul. Und er hatte eine besondere Vorliebe für billige Strichjungen. Frag doch mal, ob er nicht gelegentlich in Rico Rottmanns Boxcamp aufgetaucht ist. Würde mich nicht wundern bei all den ansehnlichen jungen Männern dort.»

«Du weißt a ganze Menge!»

«Ja no, ich bin bei den Schlaraffen, in der Evangelischen Gesellschaft, außerdem bin ich im Kreis kritischer Juristen und Mitglied bei den Stuttgarter Kickers.»

Bienzle verzog das Gesicht. Er war aus Prinzip nirgendwo Mitglied. «Schwul also», sagte er nachdenklich. «Kennst du die Geschichte, wie dem alten Bundeskanzler Adenauer ein besonders Schlauer stecken wollte, daß sein Außenminister von Brentano homosexuell sei?»

Ladino schüttelte den Kopf und sah Bienzle erwartungsvoll an.

«Der Adenauer hat gesagt: ‹Ich weiß nicht, was Sie wollen, bei mir hat er's noch nicht probiert.›»

Ladino wurde von einem solchen Lachen gepackt, daß er sich fast an Paolos Pizzabrot verschluckt hätte.

Bienzle kam dann wieder auf den Boxer Piet Michalke. Ladino ließ sich inzwischen schon sein Tiramisu schmecken, war aber immerhin so freundlich, den Teller in Bienzles Reichweite zu schieben.

«Seit einem Niederschlag beim Boxen funktioniert sein Gehirn nur noch partiell. Und ich hab das unbestimmte Gefühl, daß da einiges drin ist, was uns bei der Aufklärung helfen könnte.»

Ladinos Löffel blieb auf halbem Weg vom Teller zum Mund stehen. «Dr. Kiefer», sagte er.

«Hä?» machte Bienzle.

«Kennst du den net? Alfons Kiefer aus Tübingen, so oiner, der immer alles weiß.»

«Oiner wie du, meinst?»

Ladino winkte ab. «Nein. Des ischt oiner, der zum Lachen in da Keller geht. Psychologe, Mediziner, Theologe ... a schwäbisches Intellektuellengewächs halt. Er war damals mit mir im Stift in Tübingen. Neuerdings experimentiert er mit Hypnose. Mir hat er das Rauchen damit abgewöhnt.»

Erst jetzt fiel Bienzle auf, daß sein Freund tatsächlich den ganzen Abend nicht geraucht hatte.

«Und neulich hat er an der Uniklinik sogar daran mitgewirkt, eine Operation unter Hypnose durchzuführen. Verstehst: ohne Narkose oder, genauer, unter Hypnosenarkose, wenn du so willst.»

Bienzle zog die Stirn kraus. Er hatte Zweifel, ob so etwas funktionieren konnte.

Ladino hatte jedoch Feuer gefangen. «Der Boxer müßt ihn interessieren», sagte er. «Ruf ihn an. Und dann machst einen Termin mit ihm. Kannst dich auf mich beziehen!»

18 Dr. Wanners Beerdigung war auf 14 Uhr des nächsten Tages angesetzt. Bienzle und Gächter hatten beschlossen, sich das Spektakel anzuschauen. Die Bank hatte die Beisetzung organisiert. Würdig nannte man so etwas wohl. Ein Kammerensemble musizierte auf hohem Niveau. Direktor Hallberg sprach einen würdigen Nachruf, der Vorsitzende des Personalrats rang sich eine verlogene Eloge ab. Daß der Tote bei niemandem beliebt gewesen war, konnte man mit Händen greifen.

Hallberg ging neben Frank, als man den Sarg zum Grab begleitete. Zwei Reihen dahinter entdeckte Bienzle Rico Rottmann in Begleitung Nadjas.

«Der paßt daher wie a Roßbolla auf'd Autobahn», flüsterte Bienzle Gächter zu.

Der Pfarrer begann zu predigen. Bienzle hätte wetten können, daß der Text aus der Abteilung für Öffentlichkeitsarbeit der Bank stammte.

Hallberg und Frank unterhielten sich, als man den Sarg von der Aussegnungskapelle zum Grab brachte.

«Armer Kerl», sagte Frank.

Hallberg sah überrascht zu dem Unternehmer hinüber. «Herr Frank, wir beide wissen, hier geht es nicht um Gefühle, sondern um Zahlen.»

«Ich verstehe nicht», heuchelte Frank.

Aber Hallberg ließ sich nicht irritieren. «Das Modell ist klar. Sie schleusen das Geld – schwarzes Geld wohlgemerkt! – Ihrer nahöstlichen Geschäftspartner in Ihre Baumaßnahmen ein. Die Libanesen erwerben eine entsprechende

Beteiligung und schöpfen das Geld später, sauber gewaschen, wieder ab.»

«Und wenn es so wäre?»

«Ohne Bank ist das sehr schwierig.»

«Wer sagt denn, daß ich keine Bank habe?»

«Unsere Geschäftsbeziehungen waren immer intakt», sagte Hallberg. «Also, was ist passiert?»

«Irrtum, sie waren nicht immer intakt.»

«Na ja.»

«Ich hab die Leute aufgerissen und die Verbindung zu Ihrer Bank hergestellt. Aber Wanner wollte das Geschäft mit den Libanesen ohne mich machen, und ich wäre dann auf Ihre teuren Kredite angewiesen gewesen. Halten Sie das für anständig?»

«Anständig? Zumindest war's nicht klug.» Maliziös setzte Hallberg mit Blick auf den Sarg hinzu: «Wie man sieht.»

Frank nickte nur.

«Dann lassen Sie uns jetzt klüger sein», sagte Hallberg.

«Wie soll ich das verstehen?»

«Nun, das Leben geht weiter. Sie können künftig direkt mit mir zusammenarbeiten.»

«Aber nun nicht mehr zu den alten Konditionen», sagte Frank.

Hallberg lächelte ihn kalt an. «Das müßte doch mit dem Teufel zugehen, wenn wir uns da nicht einigen würden!»

Unter den Trauergästen befand sich auch der Choreograph Camil Conradi in einem schwarzen Seidenanzug und mit einer auberginefarbenen Schluppe am Kragen.

«Kennst du den?» fragte Gächter.

Bienzle schüttelte den Kopf.

Gächter spielte seinen Trumpf aus: «Wanner hatte nämlich ein Geheimnis ...»

«Ja», sagte Bienzle betont beiläufig, «er war schwul.»

Gächter starrte seinen Kollegen mit offenem Mund an.

«Mach's Maul zu, es zieht», sagte Bienzle. «Ob du's glaubst oder nicht: Wanner war schwul. Könnt sein, daß es ihn manchmal zu den schönen Boxern gezogen hat. Und schon haben wir eine neue Fährte.»

«Hör mal, das ist genau das Ergebnis *meiner* Recherchen. Wir haben bei Wanner Fotos, Videos und Adressen gefunden. Einen der Strichjungen, die er sich immer geholt hat, habe ich aufgetrieben. Er ist flüchtig. Ich hab mich wahnsinnig reingehängt …»

«Und ich hab's ganz nebenbei erfahren. Dummenglück!» Bienzle strahlte.

19

Piet Michalke hatte wenig geschlafen. Am Morgen hatte er am Rundgang im Hof teilgenommen, aber das würde er keinesfalls mehr tun. Alle starrten ihn an, jeder wollte wissen, was er verbrochen hatte. Außerdem machte ihn das gleichförmige Gehen im Kreis herum verrückt. Und als er anfing zu laufen und seine Schattenboxübungen zu machen, schrie ihn ein Vollzugsbeamter an: «Mir send hier net im Affeschtall!»

Jetzt war Piet wieder in seiner Zelle. Rastlos ging er auf und ab. So mußte sich ein Tiger im Käfig fühlen, den man auf freier Wildbahn mit Netzen eingefangen und in eine Kiste gesperrt hatte. Hier konnte man sich nicht bewegen. Man konnte nicht einmal richtig atmen. Piet versuchte es mit Liegestützen, mit Sprüngen aus der Hocke, er zog sich in Klimmzügen am Gitter des Fensters hoch, aber schrammte sich dabei die Brust auf. Piet trat gegen die Tür des Spinds. Sie ging knarrend auf. Mit einem rechten Haken schlug er sie zurück, und als sie sich wieder öffnete, folgte ein Hagel von Schlägen gegen das Holz. Er drehte sich um sich selber, ging auf die Zellentür los. Er schlug auf sie ein, bis seine Fingerknöchel bluteten. Jeden Schlag begleitete er mit einem Schrei.

Die Tür wurde aufgerissen. Drei Vollzugsbeamte stürmten herein, warfen ihn auf die Pritsche, fesselten ihn an Händen und Füßen und schoben ihn aus dem Raum. Die Fesseln um die Fußgelenke schmerzten, und die Kette dazwischen war schwer. Mit hängendem Kopf schlurfte Piet Michalke zwischen den Beamten zur Beruhigungszelle.

«Das kannst nicht mit uns machen», sagte einer der Beamten.

«Ich hab nichts gegen euch», gab Piet zurück, «aber ich halte es hier drin nicht aus.»

Der Raum, in den sie ihn brachten, war gekachelt. Am Boden eine Matratze, gegenüber ein Stehklo – zwei geriffelte Felder für die Füße, im Boden ein Loch. Der Raum hatte keine Gitter, nur zwei Reihen Glasbausteine knapp unter der Decke, durch die ein diffuses Licht drang. Die Beamten ließen ihn hinter der Tür stehen und schlossen ihn ein.

Man hatte Bienzle noch während Wanners Beerdigung davon unterrichtet, daß Piet Michalke Amok laufe. Der Arzt sei aber schon unterwegs, um den Gefangenen ruhigzustellen. Bienzle schrie ins Telefon: «Was? Sie machet gar nix! Ich komm … A wah, gefährlich … Nein, der Mann wird nicht sediert, Himmelherrgottsakrament noch amal!» Wütend rannte er zum Dienstwagen, überlegte es sich dann aber anders und winkte ein Taxi heran. Den Dienstwagen konnte Gächter haben. Der war sowieso der bessere Autofahrer.

«Geht das nicht ein bißchen schneller?» herrschte Bienzle den Vollzugsbeamten an, als der ihn zu der Beruhigungszelle durchschloß.

«No nix Narrets, wenn's pressiert», gab der zurück. Der Kommissar hatte ihm gar nichts zu sagen!

Endlich betrat Bienzle den kahlen gekachelten Raum. Piet Michalke lag auf der Matratze am Fußboden. Die Hände waren noch auf den Rücken gefesselt. Ein Häufchen Elend.

«Nehmen Sie ihm die Handschellen ab», sagte Bienzle. «Und dann lassen Sie mich mit ihm allein.»

Der Vollzugsbeamte protestierte: «Aber …»

«Ohne Aber», fuhr ihn Bienzle barsch an.

Der Mann in Uniform zuckte zusammen und kam Bienzles Aufforderung nach. Sobald er draußen war, wollte er Meldung machen.

Bienzle sah auf Piet Michalke hinab. «Ich glaub Ihnen, daß Sie den Jaco Riewers nicht erschossen haben, aber wir müssen's beweisen.»

«Der Rico hätte den Jaco schon längst rausschmeißen müssen. Der taugt doch nichts. Der hat schon als Boxer nichts getaugt. Zu faul! Seine Beinarbeit hat er total verkommen lassen. Keine Reflexe ... Stark ist er, Krafttraining hat er ja immer gemacht ... Sie können mich hier nicht einsperren wie ein Tier!»

Bienzle nickte und ließ sich neben Piet auf der Matratze nieder. Dem Impuls, dem Jungen über sein strohiges Haar zu streichen, widerstand er. «Sie müssen sich anstrengen. Vielleicht fällt Ihnen doch noch was ein.»

«Wenn ich hier drin bleiben muß, bring ich mich um», sagte Piet.

«Blödsinn!»

«Mein Leben ist sowieso nichts mehr wert ... seitdem das passiert ist. Ich hab doch bloß für's Boxen gelebt.»

Nun faßte Bienzle doch kurz zu ihm hinüber. «Es gibt noch a paar andere Dinge, für die sich's lohnt, auf der Welt zu sein, oder?»

«Ich weiß nicht.»

«Haben Sie denn keine Freundin?»

«Ich bin sogar verlobt gewesen. Ziemlich sogar! Ich hab sie echt lieb gehabt ...» Er schaute Bienzle an, als ob er Widerspruch erwarte. «Ja, wirklich!»

Bienzle lächelte. «Ich glaub's Ihne doch.»

«Aber dann ist sie gekommen und hat gesagt: ‹Das geht jetzt nimmer, du bist doch bloß noch ein halber Mensch ...› Stimmt ja auch. Ich bin ... ach Scheiße. Dabei wär ich jetzt grade wieder rausgekommen aus meinem Loch.»

Es entstand eine kleine Pause. Schließlich sagte Bienzle: «Der Rico Rottmann ist doch Ihr Freund.»

Piet Michalke nickte heftig. «Ja. Auf den laß ich nichts kommen.»

«Und dem gehört der ganze Laden? Das Boxcamp mein ich.»

«Weiß nicht. Da gibt's noch einen, aber den sieht man nie.»

Bienzle war nun sehr aufmerksam. «Und wie heißt der?»

«Leo ... glaub ich. Ja, Leo!»

«Leo – und weiter?»

«Nichts weiter. Bloß Leo.»

«Ist doch klasse», lobte Bienzle, «Sie erinnern sich an eine ganze Menge.»

Piet schob seinen Rücken an der Wand hoch und setzte sich auf diese Weise auf. «Ich hab ja gesagt, daß ich wieder gesund werde. Und daß ich wieder boxen kann. Der Rico schafft das schon, daß ich wieder ...» Er sprang trotz seiner Fußfesseln auf, strauchelte, blieb aber auf den Beinen. Wütend trat er gegen die Wand. «Aber ich muß raus hier! Hier drin werd ich verrückt!»

Bienzle erhob sich schwerfällig. «Das schaffen wir schon», sagte er, «aber Sie müssen mir helfen dabei.»

20 Gächter hatte sich unter die Journalisten gemischt, um an Franks Pressekonferenz teilzunehmen. Neben ihm saß ein alter Bekannter, Kurt Commerell, der bei einer der großen Stuttgarter Zeitungen als Wirtschaftsredakteur arbeitete. Der hatte ihn einfach als «Kollegen» mitgenommen. Zwei Mann auf einen Presseausweis, sozusagen. Die Einladungen wollte sowieso niemand sehen.

Schon vor Beginn der Veranstaltung hatte Kurt Commerell versucht, seinem alten Freund Günter Gächter «für einen Laien verständlich» zu erklären, was Frank als Unternehmer so erfolgreich machte. «Er ist ein Finanzgenie», hatte Commerell gesagt. «Und er tut nie den zweiten vor dem ersten Schritt – will sagen: Erst wenn die Vermarktung seiner Objekte absolut gesichert ist, fängt er auch an zu bauen. So gesehen ist die Finanzierung für ihn kein Problem. Jede Bank macht da liebend gerne mit, wobei du nicht sicher sein kannst, ob es wirklich nur die Banken sind, die ihm das Geld geben.»

«Sondern?»

«Na ja, Leute, die Geld haben, das sie an der Steuer vorbei investieren wollen. Schwarzgeld, verstehst du, oder schmutziges Geld, wie es heute zu Milliarden international herumvagabundiert. Mit solchem Geld kann er arbeiten, ohne einen Pfennig Zinsen zu bezahlen. Mehr noch: Vermutlich kassiert er satte Provisionen, wenn er es auf seine Weise wäscht.»

«Und warum sitzt er dann nicht längst hinter Gittern?»

«Weil es jeder ahnt, mancher weiß, aber keiner beweisen kann.»

Zwei junge Männer trugen nun ein Modell herein, das noch mit einem Tuch abgedeckt war, und plazierten es in der Mitte des Raums. Dann hatte Frank seinen Auftritt. Er enthüllte das Modell wie ein kostbares Denkmal und legte sofort los: «Das, meine sehr geschätzten Damen und Herrn, ist es nun also: unser Swabien-Fun-Center.» Er deutete mit dem Zeigestock auf die Komponenten des gewaltigen Baukörpers. «Hier entsteht das Multiplex-Kino, das wir gemeinsam mit einem großen Münchner Verleiher betreiben werden. Daneben die Spielbank. Wie Sie wissen, hat die Landesregierung grünes Licht gegeben. Die Schwimmbäder, die medizinischen Bäder ... Und dieser ganze Bereich wird der Erlebnispark, wenn Sie so wollen ... Ja, bitte?»

Eine Journalistin hatte sich gemeldet. «Werden Sie da auch Boxveranstaltungen organisieren?»

Frank lächelte sie gewinnend an. «Ich weiß nicht, wie Sie darauf kommen, aber ausschließen würde ich's nicht.»

«Wie steht es denn um die Finanzierung? Man munkelt, der ganze Komplex werde um die 750 Millionen Mark kosten», rief ein anderer Pressevertreter.

Franks Lächeln wurde zu einem breiten Grinsen. «Man munkelt nicht nur, es *sind* 750 Millionen. Das schafft jetzt Arbeitsplätze für die Bauwirtschaft und später im Dienstleistungsbereich. Und es wird den Tourismus fördern. Um Ihre Frage zu beantworten: Die Finanzierung steht!»

«Mit ausländischer Beteiligung?» fragte jetzt Gächters Freund.

«Sie steht! Und zwar auf gesunden Beinen.»

«Auf *zwei* Beinen, nehme ich an», rief Commerell.

«Nehmen Sie an, was Sie wollen. Jedenfalls ist dies ein absolut beispielhaftes Projekt – auch für andere Regionen.»

Während des letzten Satzes meldete sich Gächters Telefon, was ihm mißbilligende Blicke Franks und der «Kollegen» einbrachte.

Gächter verließ den Raum, um ungestört sprechen zu können. Bienzle war am Apparat. «Du, Gächter, krieg doch amal raus, ob dem Rottmann das Trainingscamp überhaupt gehört ... Da muß es einen geben, der Leo heißt oder Leo genannt wird ...»

Bevor Gächter protestieren konnte, hatte Bienzle schon wieder abgeschaltet.

Mißmutig kehrte Gächter in den Konferenzsaal zurück. Die meisten Journalisten hatten sich nun um das Modell gedrängt. Franks Mitarbeiter gaben kleine Präsente aus. Ein Jahresabo für das Swabien-Fun-Center, das – notabene – in drei Jahren fertiggestellt sein sollte. Dazu eine schwarzlederne Schreibmappe mit integriertem Taschencomputer. Frank wußte, wie man Menschen gewann. Auch Gächter nahm das Geschenke-Set in Empfang, schon um nicht aufzufallen. Nur zwei oder drei der etwa fünfunddreißig Journalisten weigerten sich, die Geschenke anzunehmen. Darunter der Reporter eines Hamburger Nachrichtenmagazins.

Gächter verließ zusammen mit Commerell die Pressekonferenz. «Wie ist denn das mit dem investigativen Journalismus und der Herkunft von Franks Geldern?» fragte Gächter.

«Man müßte mal für ein halbes Jahr freigestellt werden, um nur diesem Thema nachzugehen», sagte Commerell, «dann würde man vielleicht was rauskriegen. Im übrigen glaube ich, daß Frank gefährlich werden kann, wenn man ihm in die Quere kommt.»

Gächter wechselte das Thema. «Hast du eine Ahnung, wer Rico Rottmanns Partner ist? Man hört, das Boxcamp gehöre ihm nicht alleine.»

Commerell lachte hell auf. «Willst du mich verarschen?»

«Gern, wenn ich wüßte, wie's geht. Der Typ, der bei Rottmann mit drin hängt, soll Leo heißen.»

«Jetzt möchte ich mal wissen, wie *ihr* eure investigativen Ermittlungen betreibt.» Commerell schüttelte den Kopf. «Als Frank noch geboxt hat, hatte er den schönen Beinamen Leopard, Abkürzung Leo. Wegen seiner Schnelligkeit und Geschmeidigkeit. Rottmanns Boxcamp gehört Frank. Ich nehme mal an, daß Rico Rottmann besser Rico Strohmann heißen würde.»

Gächter starrte Commerell an. «Das hast du dir gerade ausgedacht!»

«Spinn dich aus», gab Commerell zurück.

«Wenn's stimmt, kennst du dich nicht nur in der Wirtschaft, sondern auch im Sport ganz gut aus.»

Commerell breitete die Arme aus. «Sport oder Wirtschaft, wo ist denn da der Unterschied? Meinst du, beim Boxen gewinnt immer der Bessere? Da gewinnt der, der am meisten Kohle bringt. Und die Bosse zocken gleich dreimal ab: an der Abendkasse, bei den Medien und im Wettgeschäft. Und ein paar arme Irre halten ihre Köpfe dafür hin! Und wer nicht spurt, ist ratz-fatz weg vom Fenster.»

Gächter hakte sich bei seinem Freund unter. «Das hast du mir jetzt alles sehr schön erklärt. Dafür lad ich dich auch zum Essen ein. Döner oder Big Mac?»

«Mein Gott, stürz dich bloß nicht in Unkosten! Laß lieber mich zahlen, ich rechne es als Informationsgespräch ab, dann können wir wenigstens in die *Alte Kanzlei.*»

21

Bienzle hatte mit Ladinos Allzweck-Wissenschaftler Kiefer einen Termin für den nächsten Vormittag vereinbart. Danach hatte er Piet Michalke noch mal vorführen lassen. Aber der reagierte kaum auf das, was Bienzle sagte. Ob man ihm irgendwelche Mittel gegeben habe, wollte Bienzle wissen. Piet zuckte nur die Schultern.

«Wie geht's Ihnen denn?» wollte Bienzle wissen.

«Wie soll's mir gehen?» Michalke schaute den Kommissar an, als ob der die Antwort wissen müßte.

«Sind Sie damit einverstanden, wenn wir morgen zusammen zu einem Psychologen gehen? Er könnte Sie in Hypnose versetzen. Manchmal kann man dadurch verschüttete Erinnerungen wieder freilegen.»

«Von mir aus.»

Als Michalke wieder abgeführt worden war, rief Bienzle in heiligem Zorn den Staatsanwalt an. «Ist Ihnen bekannt, daß man den Tatverdächtigen Peter Michalke unter schwere Psychopharmaka gesetzt hat?»

Der Staatsanwalt hatte keine Ahnung davon.

«Sie haben etwas Derartiges also nicht angeordnet?»

«Herr Bienzle, Sie kennen mich, ich würde so etwas nie ohne Rücksprache mit dem ermittelnden Polizeibeamten machen. Andere vielleicht, ich nicht.»

Bienzle hatte keine Lust, sich zum hundertsten Mal anzuhören, was just dieser Staatsanwalt für ein Menschenfreund war. In Wirklichkeit war er einer von denen, die sich an ihren guten Absichten berauschten. «Danke», sagte er deshalb nur knapp. «Und es wär gut, wenn wir verhindern könnten, daß so was noch amal vorkommt.»

Danach war er nach Hause gegangen. Er wollte endlich mal ein bißchen Ordnung schaffen. Im stillen rechnete er damit, daß Hannelore über kurz oder lang … nein, eigentlich über kurz mit ihren Koffern vor der Tür stehen würde.

Schon seit einiger Zeit hatte er das ganze schmutzige Geschirr in der Badewanne gesammelt. Er stellte sich ohnehin lieber unter die Dusche. Jetzt band er sich eine Schürze um, holte unter der Spüle das Geschirrspülmittel hervor. Bis heute wußte er weder, wie man den Geschirrspüler noch wie man die Waschmaschine bediente. Die Wäsche brachte er in einen Waschsalon. Die Dame dort war von dem Moment an sehr freundlich zu ihm gewesen, als er sagte: «Meine Frau hat mich verlassen, und ich hab keine Ahnung, wie des geht. Könntet Sie mir a bißle helfen?» Sie hatte damals sofort damit begonnen, die Wäsche, die aus seiner Sporttasche hervorquoll, nach weiß, farbig und schwarz sowie nach 30, 60 und 90 Grad zu ordnen. Bienzle sah fasziniert zu und geizte nicht mit Lob.

Zwei Frauen, die eigentlich darauf warteten, Kleider aus der Reinigung abzuholen, hatten erstaunlich viel Geduld gezeigt. Nachdem sie Bienzle gemustert hatten, unterhielten sie sich leise darüber, was wohl in eine Frau gefahren sein mochte, die einen solchen Mann verließ. Und beide boten ihm verstohlen an, wenn er einmal Hilfe brauche … Sie wohnten beide ganz in der Nähe. Manchmal habe man sich ja schon gesehen. Drüben beim Bäcker oder, wie er den Hund noch gehabt habe, droben im Park.

Aber Bienzle hatte es nicht über sich gebracht, eine der hilfsbereiten Damen zu bitten, mal in seine Wohnung zu kommen, um ihm zu zeigen, wie man die Maschinen bediente, oder um ihm gar zu helfen, endlich Grund in seine chaotische Männerwirtschaft zu bringen. Für die Spülmaschine wär's jetzt sowieso zu spät gewesen. Was er da in der

Badewanne gesammelt hatte, hätte garantiert 25 Ladungen ergeben.

Er steckte den Stöpsel in den Ausguß und ließ heißes Wasser einlaufen. Dann gab er kräftig Spülmittel dazu und ging in die Küche, um sich ein viertel Nordheimer Trollinger mit Lemberger einzugießen. Er legte eine CD auf, Mozarts 20. Klavierkonzert in b-Moll, und wartete genüßlich auf den zweiten Satz: «Romanze». Als der verklungen war, ging er wieder ins Bad. Der Schaum hatte längst den Badewannenrand überstiegen und verbreitete sich nun gleichmäßig im ganzen Badezimmer. Und als er unter den Schaumgebirgen endlich den Wasserhahn gefunden hatte, um ihn abzudrehen, klingelte es an der Tür. Bienzle trocknete seine Hände an der Schürze ab und eilte durch den Korridor. Gächter stand draußen.

«Es gibt auch Telefon», begrüßte ihn Ernst Bienzle raunzend.

Gächter schenkte es sich, darauf zu antworten. In den letzten Wochen hatte ihn Bienzle mehr als einmal aufgefordert, doch mal vorbeizukommen, weil er jetzt immer so alleine sei. Gächter genehmigte sich einen Nordheimer. Danach gingen sie gemeinsam die Geschirrberge im Badezimmer an. Zum Glück sackte der Schaum schnell in sich zusammen. Gächter, der alleine lebte, war ein absoluter Profi, und bald schon gab sich Bienzle mit der Rolle des begeisterten Zuschauers zufrieden.

«Also, der Frank ist früher mal Boxer gewesen?» sagte Bienzle. «Und ihm gehört das Boxcamp von Rottmann. Wir haben zwei ganz unterschiedliche Morde, und in beiden kommen die gleichen Personen vor ... irgendwie.»

«Ja, fragt sich bloß, wie ‹irgendwie›? Und ob das nicht einer der blöden Zufälle ist, die uns meistens mehr zu schaffen machen als die Raffinesse mancher Verbrecher.»

«Des war jetzt gar koi so dommer Satz», sagte Bienzle und grinste den Freund an.

Gächter setzte zu einer längeren Erklärung an: «Den Mord an Jaco Riewers hat Piet Michalke begangen. Ich hab noch mal alle befragt. Die beiden sind wie Hund und Katze gewesen. Der Riewers hat den Michalke provoziert, wo's ging. Und der ist dann regelmäßig ausgerastet, und dabei ist er immer unkontrollierter geworden. Der Mann ist nicht zurechnungsfähig. Drück dem eine geladene und entsicherte Waffe in die Hand, wenn er rot sieht, und zwar nicht auf der Polizeischießbahn ...»

Bienzle fuhr dazwischen: «Aber da liegt doch der Kasus knaktus: Du mußt ihm eine geladene und entsicherte Waffe in die Hand drücken, und dann mußt du ihm auch noch sagen, wie's geht!»

«Vielleicht hat das ja einer gemacht», sagte Gächter.

Bienzle schaute den Kollegen überrascht an. «Auf die Idee bin ich noch gar nicht gekommen ... Trotzdem, ich bleib dabei: Piet Michalke hat noch nie in seinem Leben eine Pistole in der Hand gehabt, bevor du ihm die deine gegeben hast.»

«Auf jeden Fall sollte man dem Frank noch mal auf den Zahn fühlen ... Das da ist übrigens eine Eisenpfanne, da darf kein Spülmittel ran.»

«Zu spät», brummte Bienzle, «und überhaupt, wie soll ich die denn sonst sauber kriegen?»

22

Am nächsten Morgen stieg Bienzle zu Piet Michalke in den Polizeibus, der die beiden nach Tübingen zu Professor Dr. Kiefer bringen sollte. Er bat den Kollegen am Steuer, nicht über die Autobahn, sondern durchs Siebenmühlental zu fahren: Echterdingen, Steinenbronn, Waldenbuch, Dettenhausen, Bebenhausen.

«Warum das denn, machet mir en Ausflug?» fragte der Fahrer.

«Weil ich aus Dettenhausen stamm und weil ich dem Herrn Michalke gern meinen Heimatort zeigen möcht.»

Der Fahrer und sein Kollege wechselten Blicke. Daß der Bienzle ein bißchen komisch war, wußte man ja, aber das war jetzt vielleicht doch übertrieben. Aber gut, er war der Chef.

Michalke sprach nicht. Er saß in sich gekehrt auf der Bank neben Bienzle. Kaum einmal wandte er den Blick nach draußen. Bienzle war noch nie so bewußt geworden wie auf dieser Fahrt, was es bedeutete, wenn der Blick durch ein engmaschiges Eisengitter verhängt war. Gerade jetzt, da er durch die Landschaft fuhr, die ihm so vertraut war. Am liebsten hätte er anhalten lassen, um die Vergitterung vor den Fenstern abzureißen. Daran hatte er nicht gedacht, als er diesen Weg durch die hügelige Waldlandschaft und die verträumten Wiesentäler des Schönbuchs gewählt hatte. Besser wäre es gewesen, auf der Autobahn auf dem schnellsten Weg nach Tübingen zu fahren.

«Tut mir leid», sagte er unvermittelt.

«Was?» fragte Michalke.

«Das kann ich Ihnen jetzt nicht erklären», sagte Bienzle.

«Immer denken alle, ich kapier nichts.»

Bienzle war beschämt. «Ich ärgere mich, daß wir diese Strecke fahren, weil man ja doch nichts sieht. Da, jetzt grad fahren wir über die Braunäcker. Dort hinten steht ein Mammutbaum. Den hat irgendwann amal so ein Verrückter hier angepflanzt. Auf unserer Gemarkung. Weiß der Himmel warum. Kennet Sie den schwäbischen Spruch: Wenn oiner höher furzt als ihm der Arsch gewachsen ist …?»

Michalke lachte. Wenn er lachte, sah er aus wie ein kleiner Junge. «Kennen Sie den …?» fragte er lebhaft. «Da stehen zwei Boxer unter der Dusche, sagt der eine …» Aber weiter kam er nicht. Ein Schatten fiel über sein Gesicht. Dann sagte er kleinlaut: «Gerade hab ich ihn noch gewußt.»

«Wissen Sie noch, von wem Sie ihn haben?»

«Von Rico, von wem sonst?»

«Da, können Sie das sehen, da unten in der Kuhle? Das ist Dettenhausen. Da bin ich geboren und aufgewachsen», sagte Bienzle, und ein überraschender Stolz schwang in seiner Stimme mit.

Michalke kniff die Augen zu, schaute hinaus. «Sieht gemütlich aus», sagte er höflich.

«Besser kann man's nicht sagen.» Bienzle freute sich. «Sie haben mir noch gar nichts von sich erzählt.»

«Wen interessiert das?» sagte Piet Michalke abweisend.

«Mich», antwortete Bienzle schlicht. «Wo sind Sie geboren?»

«In Bochum, glaub' ich.»

«Und Ihre Eltern?»

«Mein Vater ist auch Boxer gewesen. Hat mir meine Mutter erzählt.»

«Sie haben also Ihren Vater gar nicht gekannt?»

«Ja … nein … doch … Manchmal, als Kind, hab ich gedacht, er kommt und besucht mich. Ich bin dann immer vor dem Haus gestanden. Manchmal bis nachts. Weil ich ganz sicher gewesen bin, heut kommt er.»

Bienzle sah den jungen Mann voller Mitleid an. Er konnte nicht weiter fragen, weil seine Kehle wie zugeschnürt war.

«Einmal ist er gekommen», sagte Piet Michalke. «Da hat er mir meine ersten Boxhandschuhe geschenkt. Er ist gekommen, hat mich angeguckt, hat gesagt: ‹Scheiße, ich hätt mich um dich kümmern müssen.› Dann hat er mir die Dinger in die Hand gedrückt. Die waren rot ... Ich hab immer nur mit roten Boxhandschuhen geboxt. Können Sie in allen Aufzeichnungen sehen. Dann ist er mit meiner Mutter ins Nebenzimmer. Sie haben die ganze Nacht gebumst. Ich konnte nicht schlafen ...»

«Wie alt waren Sie damals?»

«Sechs, glaub ich, oder sieben. Ist ja auch egal.»

«Danach haben Sie Ihren Vater nie mehr gesehen?»

«Was? Doch, doch. Später. Bei meinen großen Kämpfen.» Piet lachte. «Da ist er am Ring gesessen und hat zu allen gesagt: ‹Da, das ist mein Junior. Was ich immer sage, Talent vererbt sich.› Hat er – Tatsache – rumgetönt. Dabei weiß ich bis heute nicht, ob der tatsächlich mal Boxer war. Rico hat gesagt: ‹Den Arsch kannste vergessen.› Und Rico hat recht gehabt.»

«Wie immer», sagte Bienzle, leichten Sarkasmus in der Stimme. Aber Piet hatte kein Gespür für solche Zwischentöne. «Ja, genau! Wie immer», sagte er. «Sie wissen das!»

Sie waren längst an Dettenhausen vorbei. Bienzle hatte nicht einmal nach dem Schulhaus geschaut, in dem er geboren wurde und aufgewachsen war.

«Und Ihre Mutter?»

«Krebs», sagte Piet. Seine Augen waren plötzlich traurig. «Die hätt was Besseres verdient gehabt.»

Und dann macht einer eine solche Karriere als Boxer,

dachte Bienzle, und ist auf dem Weg ganz nach oben. Und dann dieser Ringunfall. Einem plötzlichen Impuls folgend, sagte Bienzle, ohne es zu wollen: «Ich bin ganz sicher, Sie boxen wieder, und Sie werden eines Tages Weltmeister.»

«Ja sicher, was denn sonst?» sagte Piet Michalke.

Kiefer war ein hochgewachsener Mann. Seine hellblonden Haare standen wie ein gut gepflegter, kurzgehaltener Rasen über seiner hohen Stirn. Die grauen Augen wirkten hinter der dicken Brille unnatürlich groß. Sein Mund sah aus, als hätte der Mann tatsächlich noch nie in seinem Leben gelacht. Tiefe, gerade Falten zogen sich rechts und links von seinen Augenwinkeln hinab bis zum Kinn. Bienzle hatte nicht ohne Amüsement zugehört, wie der Professor die Formeln sprach: «Sie werden ganz, ganz ruhig, Ihr Atem geht gleichmäßig, Ihr Körper wird schwer. Wärme umgibt sie. Nicht *Sie* atmen, *es* atmet Sie. Ihr Körper ist jetzt ganz schwer und warm.»

Piet Michalke schien ein ideales Medium zu sein. Er lag völlig entspannt auf der Behandlungsliege. Kiefer stand über ihm. Bienzle lehnte an der Fensterbank. Piet hatte die Augen geschlossen. Er atmete gleichmäßig. Kiefer schwieg. Es veränderte sich nichts. Kiefer begann zu sprechen. «Was war Mittwoch nacht im Hof hinter dem Boxcamp?»

Die Worte Michalkes kamen stoßweise: «Ein Auto ... Der Pickup ... Ohne Licht. Da waren zwei Männer ...»

Kiefer fragte: «Haben Sie sie erkannt?»

Es schien fast, als sei Piet unwillig wegen der Zwischenfrage. «Da war einer ... Aber den hab ich nicht richtig gesehen ... und der andere ...»

Sehr behutsam fragte Kiefer weiter: «Und was haben die Männer gemacht?»

«Verladen. Die haben was aufgeladen ... Ich weiß nicht,

was ... Jaco, es war Jaco, und da war ein Mann», sagte Piet. Seine Stimme klang plötzlich heftig. «Den haben sie auf den Pickup ...!»

«Weiter», zischte Bienzle.

«Ein Mann, was für ein Mann?» fragte der Therapeut.

«Der Jaco ist kein guter. Hab ich immer gesagt. Und er hat nicht recht. Ich bin besser gewesen. Es war ein Lucky Punch ... Der hat Glück gehabt, weiter nichts.» Das Gesicht Piets veränderte sich, eine hektische Röte überzog es. Michalke warf den Kopf hin und her. «Ich versteh das nicht. Ich hab den Schlag nicht kommen sehen ...»

«Herr Michalke», sagte Kiefer rasch, «bitte reden Sie jetzt nicht weiter.»

«Es war ein Lucky Punch. Rico sagt das auch!»

«Es ist gut», sagte Kiefer besänftigend, «es ist gut. Sie kommen jetzt wieder zu sich. Spannen Sie mal alle Ihre Muskeln an, Herr Michalke, Peter, Piet – kräftig. Ja, so, sehr gut. Und dann richten Sie sich langsam wieder auf ... Tief durchatmen ...»

Michalke war noch nicht wieder ganz bei sich, da fragte er schon: «Und? Was ist jetzt, Herr Doktor, wann kann ich wieder boxen?»

«Das ist nun wirklich nicht mein Ressort», sagte Kiefer sanft. «Aber ich denke, daß Ihr Gehirn die Fähigkeit hat, sich zu regenerieren. Ruhen Sie sich aus. Die Hypnose hat Sie Kraft gekostet. Wir lassen Sie jetzt ein paar Minuten alleine. Wenn Sie schlafen können, schlafen Sie!» Er deckte Piet mit einem Wollplaid zu.

Im Vorzimmer fragte Bienzle sofort: «Warum haben Sie denn die Hypnose so schnell abgebrochen?»

«Um den Patienten zu schützen. Er hat sich viel zu sehr erregt. Da kann es zu absolut unvorhersehbaren Reaktionen kommen. Können Sie denn etwas damit anfangen?»

«Na ja», sagte Bienzle. «Gerichtsverwertbar sind Aussagen unter Hypnose natürlich nicht. Aber bei unseren Ermittlungen können sie uns vielleicht weiterhelfen.»

Bienzle und Piet Michalke sprachen auf der Rückfahrt wenig miteinander. Kurz vor Stuttgart sagte Piet plötzlich: «Warum hat er aufgehört? Das war, als ob da oben», er pochte mit den Fingerknöcheln gegen die Stirn, «plötzlich ein Licht anginge. Wenn er mir hilft, werde ich mich wieder an alles erinnern.»

«Es hat Sie zu sehr angestrengt, sagt der Doktor.»

«Ach, Quatsch. Der hat keine Ahnung, was ich für eine Kondition habe.»

Bienzle nickte, als ob er ihn bestätigen wollte. «Ich werde morgen mit dem Staatsanwalt und dem Haftrichter reden. Ich glaube, es gibt keinen Grund mehr, Sie festzuhalten.»

«Sie haben sowieso nie geglaubt, daß ich's war, stimmt's?»

«Sie hätten den Riewers vielleicht umbringen können, aber dann wär's im Kampf passiert.»

«Sie haben's kapiert», sagte Piet. «Ich glaube, Sie sind in Ordnung.»

«Da frag mal meine Freundin», sagte Bienzle.

«Ach», Piet winkte ab, «was wissen die Weiber schon über uns?»

«Und umgekehrt», sagte Bienzle.

Piet dachte kurz nach, dann lachte er. «Ja, genau. Außer meiner Mama damals. Die wußte vielleicht mehr über mich.»

23

Nach seiner Rückkehr aus Tübingen suchte Bienzle erneut Frank auf. Der Unternehmer empfing ihn sofort. Bienzle kam ohne Umschweife zur Sache: «Sie sind früher Boxer gewesen?»

«Kein Geheimnis.» Frank lächelte und wies auf die Fotos an den Wänden. «Aber irgendwann stellt man fest, daß das Risiko zu groß ist.»

«Und es hat schon immer zu Ihren Prinzipien gehört, das Risiko zu minimieren, nicht wahr?» Bienzle setzte sich in den Sessel, den ihm Frank angeboten hatte.

«Natürlich», gab Frank zurück. «Sonst wäre ich heute nicht da, wo ich bin.»

«Und Sie finden, es war kein Risiko, sich mit Rico Rottmann einzulassen?»

Frank antwortete mit schöner Offenheit: «O doch, aber ich habe leider zu spät gemerkt, wie unberechenbar dieser Mann ist. Unsere Wege werden sich demnächst trennen.»

«Haben sie diesen Jan Conrad Riewers gekannt?»

Frank wiegte den Kopf hin und her. «Gekannt ...? Ich hab ihn einmal beim Boxen gesehen und gleich gewußt, was das für eine schwache Figur ist. Später hörte ich dann, daß er bei Rottmann arbeitete, und ich habe Rottmann einmal gesagt, daß ich das für einen Fehler halte.»

«Sie fühlen sich ziemlich sicher», sagte Bienzle plötzlich.

«Ja, warum denn nicht?»

«Wir haben zwei Morde. Der eine wurde an einem Ihrer wichtigsten Geschäftspartner begangen, der andere an einem Mitarbeiter eines Partners von Ihnen. Würden Sie da an meiner Stelle an Zufall glauben?»

«Jedenfalls wäre ich sehr vorsichtig, Schlüsse zu ziehen. Um's ganz klar zu sagen, Herr Bienzle: Ich habe mit beiden Fällen absolut nichts zu tun. Und wenn Sie mir auf die Füße treten, bekommen Sie's mit einem Mann zu tun, der weder in seiner aktiven Zeit als Sportler noch als Geschäftsmann je einen Kampf verloren hat.»

«Warum erzählen Sie mir das, wenn Sie doch gar nichts mit den Fällen zu tun haben?»

«Besser, die Fronten sind gleich klar. Man kann nie wissen, was sich so ein Polizistenhirn noch alles ausdenkt!»

«Ja, da würden Sie sich wahrscheinlich wundern», sagte Bienzle lächelnd.

Er ging zu Fuß nach Hause. Nachdem er mit Gächters Hilfe tags zuvor so glanzvoll abgewaschen hatte, schob Bienzle einen weiteren Haushaltsabend ein. Der Staubsauger war eines der wenigen Haushaltsgeräte, mit denen er umgehen konnte. Er drehte voll auf. Deshalb hörte er es auch nicht gleich, als es an seiner Wohnungstür klingelte. Erst als ein Dauerklingelton ertönte, schaltete Bienzle den Staubsauger aus und öffnete. Hannelore stand auf der Schwelle.

Beide reagierten verlegen.

«Hallo», sagte sie.

«Schön, daß du vorbeikommst», sagte er. «Komm doch rein … Ich bin grad beim Putzen.»

«Ich hab mir fast so was gedacht … Ich halte dich auch nicht lange auf.»

«Oooch, ich hab Zeit», sagte Bienzle schnell. «Trinkst du ein Glas Trollinger mit? Ich hab noch von dem Heilbronner Stiftsberg, den du so gern magst.»

Sie standen immer noch unter der Tür. Bienzle mußte erst Platz machen, damit Hannelore die Wohnung betreten konnte.

«Aber wirklich nur ein Glas», sagte sie.

Bienzle war froh, daß es in der Wohnung einigermaßen zivilisiert aussah. Sie setzten sich in die Couchecke. Und natürlich blieb es nicht bei einem Glas Trollinger. Gerade goß Bienzle noch mal nach, und Hannelore wehrte nur halbherzig ab. «Nicht, ich muß ja noch Auto fahren.»

«Und warum bist jetzt gekommen?» fragte Bienzle.

«Ich hab noch meine alten Arbeitsproben oben in dem Schrank auf dem Dachboden. Die brauch ich.»

Bienzle war enttäuscht. «Ach so ...»

«Ich kriege vom Südheimer-Verlag keine Aufträge mehr. Also muß ich mir neue Auftraggeber suchen.»

Bienzle sah sie erschrocken an. «Warum denn das? Es gibt doch garantiert niemand, der besser ist als du!»

«Das ist nett, daß du das sagst», antwortete Hannelore steif, «aber man hat das Gefühl, da wachsen jeden Tag neue, jüngere, vielleicht auch bessere, vor allem aber billigere Illustratoren nach. Jedenfalls hat man mir gesagt, vorderhand sei kein Bedarf mehr für meine Zeichnungen.»

«Mensch», entfuhr es Bienzle, «das tut mir leid. Ich weiß doch, wie wichtig deine Arbeit für dich ist.»

«Wirklich?»

Bienzle sagte ernst: «Ja, wirklich! Ohne deine Arbeit bist du doch bloß ein halber Mensch.»

«Das stimmt, aber ich hab immer gedacht, daß du gar keine Ahnung davon hast.»

«Am besten find ich deine Zeichnungen zu *Der kleine Riese und der große Zwerg*. Da hab ich jede einzelne Figur richtig gern», sagte Bienzle.

Hannelore war überrascht. «Das hast du nie gesagt.»

«Aber das mußt du doch gemerkt haben! Und deine Landschaften ... Wenn du richtig Zeit und Muße hast, bist du wirklich unheimlich gut!»

Hannelore schaute Bienzle an, als ob sie ihn plötzlich ganz neu entdeckt.

Eine halbe Stunde später waren sie auf dem Dachboden. Bienzle stand auf einer Bockleiter und holte die Grafikmappen aus dem obersten Fach eines alten Schranks, den er noch von seinen Eltern geerbt hatte. Er reichte Hannelore eine Mappe hinunter, und Hannelore schlug sie auf.

«Das ist es, das hab ich gesucht. Es ist ein Landschaftsbild von der Schwäbischen Alb. Der Zais-Verlag will einen Bildband, *Maler sehen ihre Heimat*, herausgeben. Vielleicht habe ich eine Chance, da mit reinzukommen.»

Bienzle sah auf das Bild hinab. Er erinnerte sich: «Das hast du 1988 gemalt, als wir in Lonsingen über Bad Urach Urlaub gemacht haben. Im *Grünen Baum*. Du hast gezeichnet und gemalt, und ich hab gelesen. Menschenskind, damals hab ich die ganzen alten Russen verschlungen: Tolstoi, Dostojewski ... Manchmal hab ich denkt, die Schwäbische Alb liegt irgendwo zwischen Moskau und St. Petersburg. Da muß doch auch das Bild sein, das du von der Ruine Hohen Urach gemalt hast.»

Hannelore zog es aus der Mappe und zeigte es ihm.

Bienzle sagte: «Weißt noch, damals hab ich gesagt, wenn wir uns mal trennen, wünsch ich mir dieses Bild.»

«Ich schenk's dir!» sagte Hannelore.

Ein Schatten fiel über Bienzles Gesicht. Wortlos stieg er von der Bockleiter herab und steckte das Bild in die Mappe zurück.

Als sie wenig später an der Wohnungstür standen, fremdelten sie wieder genau so wie am Anfang.

«Wenn du irgendwas brauchst ...», sagte Bienzle.

Hannelore schüttelte den Kopf, biß dabei aber die Zähne zusammen, um ihre Rührung nicht zu zeigen.

«Ich kann immer für dich sorgen.»

«Wir sind ja nicht verheiratet … gewesen», gab Hannelore zurück.

«Das macht für mich keinen Unterschied.»

«Es ist *meine* Sache, Bienzle. Ich muß das alleine schaffen.» Hannelore kämpfte mit den Tränen.

«Ich sag ja nur, wenn du mich brauchst, bin ich immer für dich da … Ich bring dich runter …»

«Ich hab das Auto quasi vor der Tür stehen», sagte Hannelore schnell. Um ihre Rührung nicht doch noch zu zeigen, hauchte sie ihm einen flüchtigen Kuß auf die Wange und verließ mit ihrer Zeichenmappe unter dem Arm fast fluchtartig die Wohnung.

Bienzle rief ihr noch nach: «Paß auf dich auf!» Dann schloß er die Tür.

Vor dem Haus lehnte sich Hannelore gegen die Wand neben der Tür und ließ ihren Tränen freien Lauf.

24 Am anderen Tag fand ein Haftprüfungstermin statt. Bienzle sagte auf die Fragen des Richters, er gehe mit an Sicherheit grenzender Wahrscheinlichkeit davon aus, daß Piet Michalke nichts mit dem Tod Jan Conrad Riewers' zu tun habe. «Ich würde ihn auf freien Fuß setzen.»

«Immerhin hat es ständig Auseinandersetzungen zwischen dem Mordopfer und Herrn Michalke gegeben», sagte der Richter. «Denken Sie an die Verdunkelungs- und Fluchtgefahr. Von einer Kaution will ich in diesem Fall gar nicht reden. Es könnte also ein Fehler sein ...»

Bienzle unterbrach ihn lächelnd: «Ich glaub nicht, daß das ein Fehler ist, schon weil ich selber dafür bin.»

Der Richter mußte unwillkürlich lachen. So kannte man den leitenden Hauptkommissar.

Bienzle sagte: «Wenn es nämlich so ist, wie ich vermute, daß der wirkliche Täter Michalke den Mord unterschieben wollte ...»

«Aha, und? Wer ist der wirkliche Täter?» rief der Staatsanwalt dazwischen.

«Das werden wir noch rauskriegen. Jedenfalls hat der nach meiner Theorie die Waffe bei Michalke versteckt. Und bei Michalkes psychischer Disposition konnte er davon ausgehen, daß sich der Boxer kaum zur Wehr setzen würde. Piet Michalke hat seit einem schweren Ringunfall ein schwer angeschlagenes Kurzzeitgedächtnis. Tatsächlich hätte er's uns leichtgemacht, wenn wir ihn, ohne viel nachzufragen, für schuldig gehalten hätten.» Ein Lächeln huschte über Bienzles Gesicht. «Aber so einfach wollen wir's den Leuten nicht machen.»

«Haben Sie irgend jemand anderen in Verdacht?» fragte der Richter.

«Man tut so leicht jemandem Unrecht», gab Bienzle zurück.

«Sagen Sie doch selber mal was dazu!» Der Staatsanwalt hatte sich weit zu Piet hinübergebeugt. «Wer hatte denn alles Zutritt zu Ihrem Wohnraum, Herr Michalke?»

Piet schreckte auf. Er hatte die ganze Zeit teilnahmslos dabeigesessen. Er fragte sich, warum alle soviel redeten. «Bei mir konnte jeder rein und raus», sagte Piet. «Hab ja nichts zu verbergen.»

Der Richter stellte keinen Haftbefehl aus. Piet Michalke konnte das Gefängnis verlassen.

Rico Rottmann stand mit Nadja an der Bar. Er hatte ein Bier in der Hand. Die Tür war in seinem Rücken. Deshalb konnte er sich auch nicht gleich erklären, warum sich plötzlich Nadjas Gesicht so veränderte. Gleichzeitig applaudierten die herumhängenden Angels, und Ilona, die gerade eine neue Kiste Wein hereinschleppte, stieß einen kleinen Jubelschrei aus. Rico drehte sich um und sah in das strahlende Gesicht Piet Michalkes. Der warf seine Sporttasche vor sich auf den Boden und macht eine Siegesgeste wie nach einer gewonnenen Ringschlacht.

Rico starrte den Boxer an wie eine Erscheinung. «Sag mal, bist du ausgebrochen?»

«Quatsch», rief Piet triumphierend, «die haben mich rausgelassen! Die haben kapiert, daß ich's nicht war!»

«Wie kapiert?»

Piet wandte sich an alle Zuhörer. «Und dann war ich noch bei 'ner Hypnose. Spitze, sag ich euch.» Er deutete auf seine Stirn. «Da klärt sich hier oben irgendwie alles ... Das ist, als kriegste neues Licht in die Birne, echt!»

«Was erzählst du denn da für'n Zeug?» sagte Rico, aber dann fing er sich. «Das wär ja klasse, echt klasse wär das!» Er stieß sich vom Tresen ab, breitete die Arme aus, drückte Piet an die Brust und rief: «Leute, das muß gefeiert werden! Schampus für alle! Ilona, machst du das?»

«Aber mit dem größten Vergnügen.» Ilona ging zum Kühlschrank.

Nadja zischte Rico zu: «Du gibst ein Fest für den Mörder von Jaco?»

«Ja, denkst du denn, die hätten ihn rausgelassen, wenn er's tatsächlich gewesen wäre?» herrschte er sie an.

«Entweder sind die Bullen blöd oder sie stellen ihm eine Falle.»

«Eine Falle? Was denn für eine Falle?»

«Vielleicht stellen sie ja auch *dir* eine Falle», sagte Nadja lauernd, «und du hast es bloß noch nicht gemerkt.»

Ansatzlos schlug Rico Nadja ins Gesicht, daß sie durch den Raum torkelte.

«Sieh bloß zu, daß du vom Acker kommst ... Und kümmer dich gefälligst um *deinen* Scheiß!» schrie er sie an.

Nadja wischte sich mit dem Handrücken einen Tropfen Blut unter der Nase weg. «Das würd ich an deiner Stelle nicht noch mal versuchen.» In ihrer Stimme lag eine unverkennbare Drohung.

Ilona brachte die Sektflaschen. Piet hatte die ganze Zeit wie paralysiert dagestanden. Jetzt sagte er zu Rico: «Das sollteste nicht machen, Rico.»

«Paß auf, Alter», gab Rico gereizt zurück, «ich rede dir nicht drein, wie du mit deinen Weibern umgehst, also red du mir auch nicht drein, ja?! So, und jetzt Schampus für alle ... Laßt euch bloß die Stimmung nicht verderben, Leute!»

Er ging zu Nadja hinüber, die sich auf einen Stuhl an der Wand gesetzt hatte. Rico nahm ein Seidentüchlein aus seiner

Jacken-Brusttasche und tupfte das Blut ab. «Entschuldige. Mit mir ist irgendwie der Gaul durchgegangen», sagte er sanft.

Piet war beruhigt. So war Rico, manchmal grob, aber niemals wirklich böse. «Ich bring bloß schnell meine Tasche weg», rief Piet und ging hinaus. An der Tür begegnete er Bienzle. «Da, er kann euch erzählen, wie das mit der Hypnose war», rief er noch. Dann fiel die Tür hinter ihm ins Schloß.

Bienzle stand an der Tür, stippte die Hutkrempe aus der Stirn und schaute einen nach dem anderen an.

«Schau, schau, der Kommissar», rief Rico scheinbar aufgeräumt, «*Bonsoire, Bonsoire*, Herr Kommissar! Habt ihr's also endlich kapiert, daß es der Piet nicht war. Ich hab's Ihnen ja gleich gesagt ...»

«Kann ja net jeder so ein Schnelldenker sein wie Sie, Herr Rottmann», gab Bienzle zurück.

Nadja sagte: «Und Sie sind ganz sicher, daß es der Michalke nicht war?»

«Hmhm», machte Bienzle, «der Mann hat in seinem Leben noch nie eine Waffe in der Hand gehabt. Außerdem erinnert er sich nach und nach, wie's wirklich war ... Jetzt wird's für uns a bißle leichter.»

«Er erinnert sich?» fragte Nadja. «An was erinnert er sich denn?»

«Es geht noch langsam. Stücklesweis halt. A bißle Geduld müssen wir schon noch haben. Was ist eigentlich mit Ihrem Pickup, Herr Rottmann?»

«Warum fragen Sie?»

«Antworten Sie doch erst amal.»

«Gestohlen.»

«Und? Haben Sie das gemeldet?»

«Jaco hat das gemacht.»

Piet kam wieder herein. «Ich kann euch sagen, das ist gut, wenn man wieder daheim ist.»

Rico reichte ihm ein Glas: «Auf die Rückkehr des Champions!»

Ilona wollte auch Bienzle ein Glas Sekt geben. Aber der lehnte ab: «Danke, nein.»

«Weil Sie im Dienst sind, gell?»

«Nein, weil ich Sodbrennen krieg davon.» Er wünschte den Anwesenden noch eine schöne Begrüßungsparty und ging zur Tür.

«Was haben Sie jetzt eigentlich gewollt?» fragte Nadja.

«Ich will immer nur eins: rauskriegen, wie Jaco Riewers zu Tode gekommen ist ...» Er machte eine kleine Pause und setzte dann hinzu: «Und Dr. Wanner.»

«Wer ist denn das?» fragte Rico.

«Leset Sie koi Zeitung?» fragte Bienzle zurück. «Ich kann doch durch die Halle hinaus?»

«Kein Problem», sagte Rico.

Als er in der Halle stand, hörte Bienzle die Flügeltür der Bar hinter sich noch ein paarmal hin und her schwingen, und jedesmal, wenn sich die Kanten der beiden Flügel trafen, gab es ein Klack, das von Mal zu Mal leiser wurde und gleichzeitig immer schneller aufeinanderfolgte, bis es verstummte. Aus der Bar hörte man die Stimmen der feiernden Gruppe um Rico und Piet. Sie grölten jetzt: «We are the Champions ...»

Die riesige Halle wurde nur von zwei dünnen Neonröhren hoch oben an den Längswänden beleuchtet. Sie spendeten ein fahles, bläuliches Licht. Der Boxring in der Mitte war in seinen Konturen zu erkennen. Die großen Sandsäcke warfen Schatten. Bienzle ging dicht an der gekalkten Längswand entlang, seine rechte Hand fuhr spielerisch an den Seilen entlang, die hier auf Haken hingen. Sprungseile. Er faßte fester zu, zog eins der Seile vom Haken, ließ es durch die fast geschlossene linke Hand gleiten. Er schlang das Seil schließlich um die Faust und ging hinaus zu seinem Wagen.

25 Arbeit hatte Bienzle schon immer hungrig gemacht. Und so fuhr er nicht nach Hause, sondern zu seinem Freund Paolo. Plötzlich hatte er die Vorstellung von einer knusprigen Pizza mit viel Salami und wenig Mozzarella.

Diesmal war Dieter Ladino schon vor ihm da. Er saß über einen Zeichenblock gebeugt und sah erst auf, als Bienzle an seinen Tisch trat und sagte: «G'fällt's dir nimmer daheim?»

Seine Frau sei mit dem Jungen zum Skilaufen in die Schweiz gefahren, sagte der philosophierende Anwalt. Und dann: «Was sagst zu dem Satz: ‹Ein richtiger Schwabe tut so, als ob er arm sei, aber er ist beleidigt, wenn andere ihm das glauben›?»

Bienzle ließ den Satz ein bißchen nachklingen. «Stimmt», sagte er dann.

Paolo war an den Tisch getreten und hatte mitgehört. «Habe ick auch eine typische schwäbische Spruch gehört: ‹Lieber reich und gsond als arm ond krank›.» Er ließ seinem Zitat ein meckerndes Lachen folgen und sagte dann zu Bienzle: «Du siehst nach Pizza mit viel Salami und wenig Mozzarella aus.»

«Du hast es erfaßt. Und nach einem sardischen Weißen.» Plötzlich fühlte er sich richtig wohl, ja fast geborgen.

Dieter Ladino nickte zu einer hübschen jungen Frau hinüber, die alleine an einem Tisch saß und offensichtlich auf jemanden wartete. «Was sagst?»

Bienzle schaute hinüber. «Ja und?»

Ladino sagte schwärmerisch: «Das mußt' doch zugeben, die ist wunderschön.»

«Mit achtzehn ischt em Teufel sei Großmutter au a schöns Mädle gwä», gab Bienzle gnatzig zurück.

Und Dieter Ladino meinte wissend: «Ich seh schon, noch ist eure Beziehung nicht wieder im Lot!»

Später kamen sie dann wieder auf Bienzles Fall zu sprechen.

«Du nimmst doch an, Wanner mußte sterben, weil er das Geschäft mit den Libanesen an Frank vorbei machen wollte», sagte der Anwalt.

Bienzle nickte, schnitt ein Stück Pizza ab und schob es sich mit den Fingern in den Mund. Bei dem schönen Mädchen nebenan saß jetzt ein geschniegelter Wichtigtuer, der Bienzle ausgesprochen unsympathisch war.

«So dumm ist der Frank nicht», fuhr Ladino fort. «Außerdem hat er die besten Juristen.»

«Aber du bist doch gar nicht dabei», feixte Bienzle.

«Ich gehör nicht zu der Sorte.»

«Was für eine Sorte?»

«Manche Juristen zeichnen sich dadurch aus, daß sie meinen, was sie glauben, sei auch Rechtens. Und die nehmen's dann meistens mit dem Glauben auch nicht so genau. Im übrigen: Mord gehört nicht zu Franks Geschäftspraktiken.»

Derweil zog ihm Bienzle den Skizzenblock unter dem Bleistift weg. «Was wird denn des, wenn's fertig ist?»

«Mein Häusle in Le Catte.»

«Hä?»

«Ich hab in Südfrankreich ein Grundstück erworben, und jetzt laß ich mir da nach meinen eigenen Entwürfen ein Haus drauf bauen. Aber das meiste will ich selber machen, vor allem die Schreinerarbeiten.»

Bienzle wollte sich gerade darüber auslassen, wie ungerecht die Gaben doch auf der Welt verteilt seien. Ladino sprach fließend Englisch, Französisch, Griechisch und Latein, hatte geschickte Hände und las noch jeden Tag ein Buch. Wenn er nicht vor den Schranken des Gerichts plädierte, sprach er von irgendeiner Kanzel zu den Gläubigen herab. Und dann hatte er auch noch Erfolg bei Frauen. Aber Bienzle verwarf sein Lamento auf der Stelle, als überraschend Hannelore hereinkam und sich suchend umschaute. Paolo begrüßte sie überschwenglich und geleitete sie an Bienzles Tisch wie ein Brautführer.

«Keine Lokal ist so geeignet für Versöhnung wie Paolos Trattorie», sagte er strahlend. «Ich mache Ihnen ein Kalbschnitzel nature mit Limonensauce und dazu frisches, knakkiges Gemüse.»

«Ja, gerne», sagte Hannelore, «ich habe einen Mordshunger.» Sie ließ sich neben Bienzle auf die Bank sinken. Ladino begrüßte sie mit einem Handkuß, was ein bißchen verunglückt aussah, weil er zu eng hinter dem Tisch saß, um sich richtig erheben zu können.

Sofort interessierte sich Hannelore für Ladinos Bauzeichnung. Drei Terrassen verwinkelten sich gegeneinander und waren gleichzeitig über Eck an einen Turm angebunden, der eine hübsche kleine Zinne aufwies.

«Den Turm laß ich natürlich weg», sagte Ladino. «Das war nur eine Spielerei, weil ich mir als Kind nichts sehnlicher gewünscht hab als einen runden Turm mit goldenen Zinnen, in dem ich ganz allein drin wohnen wollte.»

«Bei so einem Turm denk ich immer an Rapunzel», sagte Hannelore. Und dann endlich: «Grüß dich, Bienzle. Dich hab ich gesucht.»

«Ja, wen denn au sonscht?» fragte Bienzle.

An diesem Abend lernte Bienzle noch Hannelores neue Bleibe kennen. Er sagte nichts dazu, aber ihm wäre sie zu eng und spartanisch gewesen. Schon gar nicht hätte man zu zweit darin wohnen können. So wohnte jemand, der sich gewaltig nach der Decke strecken mußte.

Als Hannelore freilich vom Fensterbrett des Küchenfensters einen Lemberger aus der Kellerei des Grafen Neipperg holte und Bienzle zum Öffnen gab, schien es ihm, als ob's vielleicht doch nicht so schlimm um sie stünde.

Er goß ein, sie hoben die Gläser. Bis jetzt war noch kein Wort darüber gesprochen worden, ob sich irgend etwas bei ihnen ändern werde. Sie tranken sich zu. Dann sagte Hannelore: «Sag mal, hast du irgendwelche Beziehungen zum Goldberg Verlag?»

«Nein!» sagte Bienzle.

«Heute morgen rief der Besitzer persönlich an, ein gewisser Titus Hüttenrauch, und bot mir an, eine Reihe von Büchern zu illustrieren.»

«Was du nicht sagst!»

«Ich hab dir immer gesagt, ich will keine Protektion. Ich schaff es auch aus eigener Kraft.»

«Ich kenne keinen Titus Hüttenrauch. Was ist das überhaupt für ein Vorname? Gibt's nicht eine Oper vom Mozart, die so heißt?»

«Weich nicht aus», sagte Hannelore streng.

«Also, ich hab da jedenfalls nicht die Finger im Spiel», sagte Bienzle und sah Hannelore fest in die Augen.

«Und dein Freund Ladino?»

«Ja, der ist natürlich selber verantwortlich für das, was er tut.»

«Bienzle», sagte sie drohend und zog dabei das I ziemlich in die Länge.

«Im übrigen: Warum willst du eigentlich nicht glauben, daß du den Auftrag einfach kriegst, weil du die Beste bist?» Damit beugte er sich zu ihr hinüber, und sie ließ sich küssen wie am ersten Tag ihrer Beziehung.

Aber sie behielt ihn nicht über Nacht da. Bienzle war traurig, wollte wissen, was nun eigentlich mit ihr los sei.

Sie sagte: «Mit der Trennung ist es wie mit der Liebe: Immer findet der Verstand erst im nachhinein mühsame Erklärungen für Empfindungen, die schon alles entschieden haben, bevor sich das erste Argument einstellt.»

«Also keine Hoffnung?»

Sie sah ihm in die Augen, küßte ihn noch mal und sagte: «Ganz im Gegenteil.»

26 Als Bienzle am anderen Tag ins Polizeipräsidium fuhr, war er so gut gelaunt wie schon lange nicht mehr. Zwar hatte Hannelore noch gesagt, er solle bloß keine falschen Schlüsse ziehen aus dem, was sie gesagt habe. Aber Bienzle war sicher, daß er die richtigen zog. Und dann freute er sich diebisch, daß seine kleine Intervention bei Freund Dieter Ladino und dessen diskreter Vorstoß bei Titus Hüttenrauch offenbar doch dafür gesorgt hatten, daß der Verleger endlich bemerkte, was für ein Juwel unter den Illustratoren in Stuttgart derzeit nicht beschäftigt war.

Bienzles erster Weg führte ihn in die Pathologie.

Dr. Kocher deckte gerade eine Leiche ab. Zwei Helfer brachten den Körper zurück in eine der Tiefkühlschubladen. Bienzle bot dem Mediziner von den frischen Brezeln an, die er unterwegs noch schnell beim Bäcker gekauft hatte. Ein deutliches Friedensangebot.

Schließlich zog er aus seiner Jackentasche das Sprungseil und hob es vor Kochers Nase hoch. «Was is das?»

«Keine Ahnung», sagte Kocher mit vollem Mund. «Die Brezeln sind nicht schlecht.»

«Ein Seil mit ungleichem Durchmesser. Ein Sprungseil, das in der Mitte verdickt ist. Stammt aus Rico Rottmanns Boxladen. Zusammensetzung vermutlich Hanf und Kunststoff.»

Kocher nahm ihm das Seil aus der Hand und prüfte es. «Interessant, das werden wir sofort untersuchen.»

«Je schneller, je lieber», sagte Bienzle. Und strahlte Kocher an.

Der Pathologe maß den Kommissar mit einem mißtrauischen Blick. «Täusch ich mich oder sind Sie irgendwie fröhlich?»

«Sie täuschet sich net. Irgendwie schon.»

«Aah, so ist des?»

«Ja, so ist des!» Bienzle verließ Dr. Kocher.

«Du meinst also, Wanner könnte mit einem Sprungseil aus Rico Rottmanns Laden erdrosselt worden sein?» fragte Gächter.

Bienzle hatte sich in seinen Schreibtischstuhl gesetzt, die Beine weit von sich gestreckt, die Daumen in den Hosenbund gehakt. «So sieht's aus.»

«Und wo ist der Zusammenhang mit dem Mord an Jaco Riewers?»

«Vielleicht gibt's einen, vielleicht gibt's keinen.»

«Das ist eine klare Antwort.» Gächter schob eine selbstgedrehte Zigarette in den Mundwinkel, zündete sie aber nicht an. Seit Wochen schon versuchte er, vom Rauchen loszukommen.

Bienzle beobachtete seinen Kollegen. «Der Ladino hat es sich durch Hypnose abgewöhnen lassen.»

«Ich lasse mich nicht hypnotisieren», erklärte Gächter kategorisch. «Wer weiß, was die mit mir machen, wenn ich erst mal meinen Willen abgegeben habe?»

Bienzle malte auf seiner Schreibtischunterlage herum. Langsam sagte er: «Rico Rottmann ist der Juniorpartner von Frank. Das Boxcenter gehört mehrheitlich dem Frank, also ist Rico Rottmann von ihm abhängig, soviel steht fest ...»

«Ich kann dir folgen», sagte Gächter, als Bienzle eine Kunstpause einlegte.

«Wanner ist Frank lästig geworden. Nehmen wir an, Frank hat Rottmann davon erzählt. Du weißt, wie so was geht ...»

«Keine Ahnung», sagte Gächter.

«Frank redet eher beiläufig davon. So in der Art: ‹Dieser Wanner geht mir langsam auf den Geist, außerdem versucht er mich aus dem lukrativsten Geschäft zu drängen, das ich seit Jahren angekurbelt habe. Wenn das Geschäft nicht läuft, werde ich als erstes das Boxcamp zumachen müssen. Das bringt sowieso nur Miese …›»

Gächter lachte. «Du machst dich gar nicht schlecht als Unternehmer.»

Bienzle fuhr unbeirrt fort: «‹Wenn ich Wanner los wäre …›, sagt Frank zu Rottmann, ‹sieht finanziell gleich alles ganz anders aus. Wir könnten dann vielleicht sogar über eine Verbesserung Ihrer Konditionen reden, Herr Rottmann› – so in der Art könnte er geredet haben.»

«Und Rico Rottmann verstand das als Auftrag?»

«Könnte doch sein», sagte Bienzle versonnen. «Rottmann bestellt Wanner unter einem Vorwand ins Boxcamp. Zum Beispiel könnte er ihm von einem wunderschönen, knackigen jungen Boxer vorgeschwärmt haben …»

«Und Jan Conrad Riewers?»

«Vielleicht hat er Rottmann beobachtet, vielleicht haben sie den Mord gemeinsam begangen? Vielleicht hat Riewers den Direktor im Auftrag Rottmanns erdrosselt und dann zuviel Geld dafür verlangt, und vielleicht hat ihn Rottmann deshalb erschossen.»

«Ein bißchen viele Vielleichts», sagte Gächter.

«Kriminalistik bedeutet doch nie was anderes, als eine Hypothese aufzustellen und sie dann zu belegen.»

«Aha, dann weiß ich das jetzt auch», sagte Gächter. «Und nun sag mir noch, welche Rolle der Boxer Michalke dabei spielt.»

«Er hat zwei Männer beobachtet, die auf Rottmanns Pickup vielleicht eine Leiche weggeschafft haben.»

«Schon wieder so ein Vielleicht!»

«Wir werden schon noch dahinter kommen», sagte Bienzle, den heute nichts aus der Ruhe bringen konnte.

Die Tür ging auf, Polizeiobermeisterin Karin Schneider kam herein, eine junge Frau, noch keine dreißig. Soweit man es in der Uniform beurteilen konnte, hatte sie eine sportliche Figur. Lange, braungelockte Haare umrahmten ein fröhliches Gesicht. Sie trat an Gächters Tisch und warf ein Foto auf seine Schreibunterlage.

«Was ist das?» fragte Gächter.

«Wahrscheinlich die Karre, die ihr sucht ... Zugelassen auf Rigobert Rottmann!»

Bienzle sprang sofort auf. «Zeigen Sie her!»

Aber Gächter hielt jetzt das Bild in der Hand. «Ein Pickup, genau wie ihn Michalke beschrieben hat, verladen auf einem Lastwagen.»

«Der muß sofort beschlagnahmt werden!» rief Bienzle.

POM Schneider sagte: «Der Laster gehört einem Polen. Und den haben die Kollegen aus Meckpom kurz hinter Prenzlau gestoppt. Die Karre ist auf dem Weg hierher.»

«Am besten alarmierst du gleich unsere Spurensicherung», sagte Bienzle zu Gächter.

«Da wär ich jetzt nicht drauf gekommen», gab Gächter ironisch zurück.

«Erst muß die Karre ja mal hier sein», sagte Karin Schneider.

Piet Michalke schnallte den Kopfschutz fest und schob den Tiefschutz in die Hose. Geschmeidig stieg er durch die Seile. Leichtfüßig tänzelte er durch den Ring. Blitzschnell flogen seine Fäuste heraus. Schattenboxen.

Piet fühlte sich gut. Rico hatte ihm vorgeschlagen, ein paar Runden zu sparren. «Einfach, um mal zu testen, wie du jetzt am Mann aussiehst.» Monate trainierte er nun schon am Sandsack, an den Punchingbällen und mit Otto-Otto, der sich mit den großflächigen Tatzen vor ihn stellte, die es in schneller Folge zu treffen galt.

Piet lief ein Schauer über den Rücken, als Conny Mertens über die entgegengesetzte Ecke in den Ring stieg. Conny trainierte eigentlich bei Attila und hatte Rico zuliebe in die Sparringsrunden eingewilligt. Otto Pahlke machte den Ringrichter.

Nacheinander kamen die Angels an den Ring, auch die Boxschüler unterbrachen ihre Arbeit und zogen sich Stühle heran.

Rico kam aus seinem Büro und stieg zu Piets Ringecke herauf. «Keine wilden Sachen», rief er, «das ist bloß ein Test.»

Ilona verließ die Bar und lehnte sich gegen den Türpfosten. Nadja erschien hinter ihr und sagte leise: «Der muß doch verrückt sein. Ein falscher Schlag, und er wird vollends zum Baby.»

«Rico würde es nie zulassen, wenn es so wäre», sagte Ilona.

Nadja lachte nur.

Conny Mertens hatte früher schon gegen Piet geboxt. Zwischen den beiden hatte immer ein Klassenunterschied bestanden. Entsprechend vorsichtig ging Conny die erste Runde an. Piet dagegen boxte, als wolle er von Anfang an der ganzen Welt beweisen, daß er nichts verlernt hatte. Die Kommentare waren entsprechend: «Schau dir die Beinarbeit an, wie'n Tänzer!» rief einer der Angels.

Nachdem Piet ein paar elegante Finten geschlagen hatte, landete er die erste Gerade an Connys Kinn.

«Da war Punch dahinter, was?!» schrie einer der Zuschauer. «Noch so eine, Piet!»

Aber der hatte schon zu seinem Konzept und seinem eigenen Rhythmus gefunden. Aus einer dichten Deckung heraus zuckte die linke Führhand in schnellen, florettstichartigen Geraden abwechselnd Richtung Kopf und Körper seines Gegners. Conny war ganz damit beschäftigt, diese Stiche abzuwehren, und Piet wartete geduldig, bis sich in den Abwehraktionen seines Gegners eine Lücke bot.

Rico war begeistert. «Klasse, Mann, dein Auge ist wieder genauso schnell wie früher.»

Nach drei Runden gab Rico Rottmann das Kommando, abzubrechen.

Piet war enttäuscht. «Ich hab mich gerade mal warmgeboxt.»

Rico legte den Arm um Michalkes Schultern. «Wir dürfen nichts überstürzen. Langsam wieder aufbauen, hat der Doc gesagt.»

«Hast du mit ihm gesprochen?»

«Ja, sicher. Wir muten dir nichts zu, was du nicht packst, Alter. Aber ich bin ganz sicher, du stehst schon bald wieder im Ring.» Er knuffte Piet gegen die Rippen und ging davon.

Als er an Nadja vorbeikam, sagte sie: «Und wenn der Piet nun voll eine mitbekommt?»

«Halt du dich da raus», fuhr sie der Boxmanager an, «und red nicht über Sachen, von denen du nichts verstehst!»

Auf dem Flughafen Stuttgart-Echterdingen wartete startbereit der Lear-Jet, der die drei Libanesen nach Hause bringen sollte. Franks Limousine fuhr aufs Rollfeld. Der Manager überreichte dem Wortführer der Araber eine schmale Ledermappe. «Das sind die offiziellen Verträge für unsere Geschäftsbeziehungen. Die können Sie jeder Bank und allen Behörden vorlegen. Das macht uns zu äußerst seriösen Geschäftspartnern.» Dann zog er aus der Brusttasche seines

Hemdes zwei Computer-Disketten. «Auf diesen Disketten finden Sie alle Nebenabreden. Entschlüsselt werden sie durch unseren vereinbarten Code. Solange Sie dafür sorgen, daß außer uns keiner das Codewort kennt, kommt da kein Unbefugter heran.»

«Klingt sehr überzeugend», sagte der Libanese.

«Ich habe noch nie etwas dem Zufall überlassen. Schon früher nicht, als ich noch aktiv Sport getrieben habe. Man braucht Mut, kühlen Verstand und eine klare Strategie, wenn man nach oben will und oben bleiben möchte. Schade, daß Sie morgen abend nicht dabei sein können. Ich bin sicher, der Boxkampf hätte alle Ihre Erwartungen übertroffen.»

Die Araber verabschiedeten sich ohne Handschlag, indem sie sich verbeugten.

«Guten Flug», sagte Frank und stieg wieder in seinen Wagen.

Ein kurzes Winken. Der Steward zog die Treppe ein. Der Pilot ließ die Motoren an.

Frank sagte zufrieden zu sich selbst: «So, das hätten wir in Sack und Tüten.»

27 Kocher trat vom Mikroskop zurück und machte Bienzle Platz. «Sehen Sie sich's selber an.»

Bienzle schaute durch das Mikroskop.

«Die hellen Teile, sehen Sie die?» fragte Kocher.

«Bin ja net blind», gab Bienzle brummig zurück.

«Das sind Hautpartikel. So, und jetzt ...» Er schob ein Glasplättchen mit einer anderen Probe unter das Okular.

Wieder schaute Bienzle hinein. «Was ist das?»

«Ein Stück Plane aus dem aufgefundenen Pickup des Herrn Rottmann. Bloß so a Fetzele, hänge bliebe an einem Riß im Blech der Ladefläche.»

«Machen Sie's doch nicht so spannend!»

«Das Helle sind wiederum Hautpartikel.» Kocher legte noch einmal die erste Probe ein. «Diese hier haben wir am Hals des verstorbenen Herrn Dr. Wanner entnommen.» Jetzt schob er wieder die zweite Probe unter die Linse. «Und die waren an der Plane. Und jetzt kommt's: Die stammen ebenfalls vom Hals des einstigen Bankdirektors Gerald Wanner! Die Hautproben sind identisch!» Seine kleinen Augen hinter den ovalen Brillengläsern glänzten vor Stolz.

Camil Conradi verbrachte erneut einen Abend in der Wohnung Gerald Wanners. Ein Notar hatte ihm mitgeteilt, daß er von dem verstorbenen Banker als Erbe eingesetzt worden war. Diese Nachricht hatte Camil sehr überrascht. Erst als er einen persönlichen Brief las, den Wanner seinem Testament beigegeben hatte, verstand er die Geste seines einstigen Liebhabers. Nie sei ihm ein Mensch so nahe gewesen, schrieb Gerald Wanner, vielleicht sei es deshalb auch zu ihren Konflikten gekommen. «Zuletzt wurde ich schon aggressiv, wenn du nur zur Tür hereinkamst», stand da. «Vielleicht weil ich mich vor dir schämte, wenn ich es mit den Jungs getrieben habe.»

Camil hatte Mühe, den verstorbenen Freund zu verstehen, einen Mann immerhin, der es im Geschäftsleben sehr weit gebracht hatte, und dann diese kleinen, schmutzigen Amouren! Immer und immer wieder gingen ihm diese Gedanken durch den Kopf.

Er legte eine der CDs auf, die sie abends oft gemeinsam gehört hatten. Meist wenn drüben über dem Birkenkopf die Sonne unterging und der Dunst über der Stadt in vielen ineinander übergehenden Pastellfarben erschien. Wagner. Tristan und Isolde. Jetzt stand über dem Birkenkopf eine dunkle Wand, und gelegentlich war ein Wetterleuchten zu erkennen. Sollte es ein Gewitter geben, mitten im Winter? Er öffnete ein Fenster, um hinauszuhorchen, ob vielleicht ein ferner Donner zu hören wäre. Plötzlich riß ihm ein heftiger Gegenzug den Fensterflügel aus der Hand. Camil fuhr herum. Die Wohnungstür stand offen. Über die Schwelle trat Heimo in die Wohnung.

Camil Conradi erkannte ihn sofort. «Hast du etwa einen Schlüssel?» fragte er.

Heimo nickte und sagte dann seltsam trotzig: «Ich zieh jetzt erst einmal hier ein.»

«Vielleicht kannst du dir das nicht vorstellen, aber Gerald hat mir seine Wohnung vermacht. Und ich möchte dich nicht hier haben.»

«Ist mir doch egal, was du möchtest, Schwuchtel.» Heimo spielte plötzlich mit einem Schmetterlingsmesser. Er mußte das lange geübt haben, denn seine Hand erwies sich dabei als sehr geschickt.

Camil hatte keine Angst. Er war ein durchtrainierter

Mann. Für Heimo freilich war er nichts weiter als ein alter Schwuler, und die waren alle weibisch und feige. Der Junge verachtete sie. Er selbst war alles andere als schwul, aber es gab keine leichtere Methode, an Geld zu kommen. Und man konnte sich an alles gewöhnen. Manchmal machte es ja sogar Spaß. Und es gab zum Glück andere Kunden als Gerald Wanner, der einen immer nur herrisch herumkommandiert und die schweinischsten Sachen verlangt hatte.

«Du willst dich hier verkriechen, weil die Polizei hinter dir her ist, stimmt's?»

Heimo nickte.

«Hast du Gerald umgebracht?»

«Und wenn?» Wieder spielte er mit dem Messer.

«Ja, dann werde ich mal diesen Kommissar Gächter verständigen.»

«Das machst du nicht!»

Aber da war Camil schon am Telefon. Zwar hatte er dem Jungen den Rücken zugewandt, aber die Bewegung, als Heimo auf ihn zusprang, registrierte er dennoch. Blitzschnell fuhr er herum, ein gezielter Tritt traf Heimos Handgelenk. Der zweite Tritt landete am Kinn des Jungen und riß ihn von den Füßen. Camil stand über ihm. In seinem Gesicht nicht die Spur eines Triumphs. «Gerald Wanner konnte sich nicht wehren, stimmt's?»

Heimo starrte aus weit aufgerissenen Augen zu ihm herauf. Camil Conradi bückte sich, hob das Messer auf, sagte: «Du bist ein Angstbeißer, mein Junge», und wählte erneut die Nummer der Polizei. Dabei ließ er Heimo nicht aus den Augen. Er erreichte den Kommissar vom Dienst und bat ihn, einen Streifenwagen vorbeizuschicken. Danach sagte er: «Wenn du Gerald nicht umgebracht hast, wovor fürchtest du dich dann so?»

Als Bienzle in sein Büro zurückkam, lag die Nachricht von Conradis Anruf vor. Bienzle stoppte die Streife, die zu ihm unterwegs war, per Funk und machte sich selbst auf den Weg. Gächter ermittelte bei verschiedenen Box- und Sportcentern und hatte sich in den letzten Stunden nicht gemeldet.

Heimo saß zusammengekauert in einem Sessel. Camil Conradi stand mit dem Rücken zu der großen Fensterfront. Die schwarze Wolkenwand hatte sich jetzt über den Birkenkopf hinweggeschoben und zeigte eine weiße, gezackte Abrißkante. Das Wetterleuchten hatte sich verstärkt.

Bienzle stellte sich vor. Dann nahm er Camil Conradi das Schmetterlingsmesser aus der Hand. «Wollen Sie Anzeige erstatten?» fragte er den Tänzer.

«Ich denke, die Ermittlungen laufen sowieso.»

«Weil er Sie mit dem Messer angegriffen hat, meine ich.»

«Ach so, nein, nein, es bestand nicht wirklich eine Gefahr», sagte Camil mit einem Lächeln.

Jetzt wandte sich Bienzle Heimo zu. «Du hast den Wanner nicht umgebracht.» Das war eine Feststellung, keine Frage.

Der Junge kroch noch weiter in sich hinein, antwortete aber nicht.

«Sind Sie sicher?» fragte Camil.

Bienzle nickte. «Ziemlich». Er beugte sich zu Heimo hinab. «Aber warum rennst du dann immer davon?» Im gleichen Augenblick entdeckte er am Handgelenk des Jungen eine teure Markenuhr. Bienzle zog Heimos Arm zu sich heran. «Könnt' es sein, daß die Uhr da mal dem Herrn Dr. Wanner gehört hat?»

Heimo gab keine Antwort.

Bienzle richtete sich wieder auf. «Könnt' ja auch sein, daß er sie dir g'schenkt hat. Was ...», Bienzle machte eine Kunstpause, «... was hat er dir denn sonst noch geschenkt?»

«Ich weiß gar nicht, was Sie von mir wollen», kam es jetzt trotzig von Heimo.

«Na, immerhin hast du die Sprache wieder gefunden.» Bienzle tat der Junge leid. Er setzte sich auf die Armlehne des Sessels. «Und jetzt erzähl amal, warum du soviel Angst vor uns hast.»

Noch immer druckste der Junge herum.

Bienzle half nach: «Er hatte dich zu sich bestellt?»

Heimo nickte.

«Wann?»

«Mittwoch abend.»

«Da ist er umgebracht worden.»

Wieder nickte der Junge nur.

«Aber nicht hier, das wissen wir inzwischen. Er wurde erdrosselt, vermutlich mit einem Sprungseil.»

Heimo erschauerte. Camil wandte sich dem Fenster zu und beobachtete das herannahende Unwetter. Hätte Gerald noch gelebt und wären sie zusammen gewesen, dann hätten sie jetzt die entsprechende Musik aufgelegt. Wagners Walkürenritt zum Beispiel oder Richard Strauß' Alpensinfonie.

«Wann warst du hier, ich mein, um wieviel Uhr?» fragte Bienzle.

«So gegen zehn Uhr.»

«War er da?»

Wieder schüttelte der Junge den Kopf.

«Und wie bist du dann hereingekommen?»

«Ich hab einen Schlüssel.»

«Das kann ich mir nicht vorstellen», mischte sich Camil ein. «Gerald war ein viel zu vorsichtiger und mißtrauischer Mensch.»

«Nicht von ihm», sagte Heimo.

«Du hast dir einen Nachschlüssel besorgt?» fragte Bienzle.

Heimo nickte. «Im Oktober war er krank. Ich hab für ihn eingekauft. Und damit er nicht jedesmal aufstehen muß, hat er mir einen Schlüssel mitgegeben.»

«Und von dem hast du dir eine Kopie machen lassen?»

Heimo nickte.

«Okay», sagte Bienzle, «und wie war das dann am Mittwoch? Er hat dich hierherbestellt. Du bist gekommen, aber er war nicht da ...»

«Er hat unheimlich viel verlangt», brach es jetzt aus dem Jungen heraus, «aber er hat nie besonders viel bezahlt.»

Bienzle mußte unwillkürlich lächeln. «Na ja, so viel hast du ja am Mittwochabend nicht mitgehen lassen, sonst wär's unseren Kollegen von der Spurensicherung wohl aufgefallen.»

Ein überraschter Blick traf Bienzle. «Nehmen Sie mich jetzt nicht mit?»

«Ich komm nicht von der Abteilung Diebstahl, sondern von der Mordkommission. Aber wir müssen uns natürlich noch genauer unterhalten. Was weißt du über die Kontakte Wanners zum Boxstudio Rico Rottmann?»

Das Gesicht des Strichjungen, das einen Augenblick lang in seiner Angst sehr verletzlich ausgesehen hatte, bekam jetzt wieder einen verschlagenen Ausdruck. Er habe den Namen Rico Rottmann nie gehört, von Boxen verstehe er nichts, und daß Gerald Wanner sich damit beschäftigt habe, sei ihm ganz neu. Von dem Moment an, da er gemerkt hatte, daß er straffrei ausgehen würde, war es mit seiner Kooperationsbereitschaft vorbei.

Das Wintergewitter hatte inzwischen den Stuttgarter Talkessel erreicht. Eine Mischung aus Schnee und Regen ging über die Dächer drunten im Talkessel nieder. Die nasse weiße Wand näherte sich, von wilden Böen vorangetrieben, dem großflächigen Fenster von Gerald Wanners Wohnung.

«Wirst du weitermachen?» fragte Bienzle den Jungen.

«Womit?»

«Dich an Männer zu verkaufen?»

Heimo zuckte die Schultern. Bienzle fragte nicht weiter. Was hatte der Junge auch für Alternativen?

Seit den drei Sparringsrunden war Piet Michalke wie aufgedreht. Den ganzen Tag trainierte er. Bei seinem Waldlauf am frühen Nachmittag begleitete ihn Rico ein Stück, stieg aber schon nach zwei Kilometern in seinen Wagen, den der Fahrer nur zwanzig Meter hinter den beiden durch die Allee im Eichenhain rollen ließ. Zuvor hatte Rottmann schnaufend gefragt: «Und du bist echt wieder fit?»

«Wie'n Turnschuh. Ich lauf die zehntausend Meter wie du vierhundert.»

«Und dein Kopf?»

«Wird jeden Tag klarer. Ich werd' noch ein paarmal zu dem Doc nach Tübingen fahren, so lange, bis ich wieder alles weiß. Gleich am Montag hab ich einen Termin.»

Rico blieb stehen und lockerte seine Muskeln.

«Hörst du schon auf?» fragte Piet enttäuscht.

«Menschenskind, wir haben am Samstag einen Großkampftag. Der Laden ist noch lang nicht ausverkauft. Und dann diese Scheiße, daß mir der Konopke für den Rahmenkampf ausgefallen ist. Jetzt haben wir den Whiteman aus London eingeflogen und keinen Gegner für ihn.»

«Was? Warum denn das?»

«Konopke hat irgendeine Magen-Darm-Geschichte und ziemlich hohes Fieber. Selbst wenn er bis Samstag wieder hochkommt, ist er viel zu geschwächt.»

Piet war keinen Augenblick zur Ruhe gekommen. Er lief auf der Stelle, schlug die Fäuste in die Luft, warf den Kopf hin und her, um den Nacken zu lockern. «Laß mich ran!»

«Ja, das hab ich mir auch schon überlegt.»

Piet Michalke blieb ruckartig stehen. «Mensch, Rico!»

«Wenn wir für die Plakate einen Aufkleber machen, auf dem dein Name steht, ist der Laden morgen abend rappelvoll.»

«Das wär das Größte! Das wär echt das Größte, Rico!»

«Ich muß noch mal mit dem Doktor reden.»

«Ach was, wichtig ist doch, wie ich mich fühle!»

Sie liefen weiter. Piet war jetzt wie von der Kette gelassen. Schon nach wenigen Augenblicken hatte er fast fünfzig Meter Vorsprung.

«Ey, Piet, warte mal!» schrie ihm Rico hinterher.

Piet machte kehrt und kam im gleichen Tempo zurück.

Rico winkte seinem Fahrer. Zu Piet sagte er: «Vergiß nicht, ich bin dein Freund. Egal, was passiert.»

Piet grinste gutgelaunt. «Was soll passieren, Mann, solange wir zwei zusammenhalten?» Er schlug spielerisch zwei kurze Haken auf Ricos Rippen.

Rottmann stieg in das Auto. Piet lief weiter.

Später absolvierte er ein Konditionstraining, arbeitete am Sandsack, trainierte mit Otto-Otto im Ring, brachte es auf 1500 Sprünge mit dem Seil. Die ganze Zeit ließ er die Tür zu Ricos Büro nicht aus den Augen. Der kam aber erst, als alle anderen gegangen waren und Piet unter der Dusche stand.

«Du traust dir's also zu?» fragte er.

Piet drehte das Wasser von heiß auf kalt. «Spätestens in der fünften Runde geht der Whiteman k. o.»

Kurz bevor Bienzle an diesem Abend aus dem Büro ging, meldete sich überraschend Hannelore am Telefon. Sie habe mit dem Wirt vom *Grünen Baum* in Lonsingen telefoniert. Auf der Schwäbischen Alb liege ein traumhafter Schnee – ideale Bedingungen für Langlauf. Die Loipen seien gespurt.

Und am Wochenende erwarte man sonniges Wetter. Das alles sagte sie, als verlese sie den Wetterbericht.

Normalerweise hätte Bienzle sofort darauf verwiesen, daß er in einem ganz wichtigen Fall stecke, Tag und Nacht arbeiten müsse und mit dem besten Willen nicht wegkönne. Aber jetzt sagte er: «Ja, warum fahren wir dann nicht?»

«Hast du denn Zeit?» fragte Hannelore überrascht zurück.

«Wenn du mitkommst ...»

Gächter sah seinen Kollegen perplex an. «Wir stehen kurz vor dem Abschluß des Falls und du willst auf die Alb und skifahren?»

«Ja, was dätscht denn du mache an meiner Stell? Außerdem hat der Präsident erst neulich g'sagt, der Gächter soll amal beweise, was er kann!»

«Du nimmst es auch grade, wie's dir paßt», sagte Gächter ärgerlich.

«Das hätt ich schon viel früher tun sollen.» Bienzle nahm seinen Mantel vom Haken und ging zur Tür. Von dort sagte er: «Jetzt machst du alles wasserdicht, und dann holst du dir den Rottmann, wenn er's tatsächlich war!»

28 Der *Grüne Baum* war einmal ein kleines Dorfgasthaus gewesen. Man hatte Zimmer im Obergeschoß der Wirtschaft gehabt, und wenn mehr Leute kamen, räumten die Wirtsleute auch einmal ihre Wohnung für die Gäste und schliefen auf der Bühne, wie man hierzulande den Dachboden nannte. Aber dann hatten sie angebaut, ausgebaut, neu gebaut. Stück um Stück, soweit das Geld jeweils gereicht hatte. Jetzt stand hinter dem alten Wirtshaus ein respektables Gästehaus.

Dort waren die Zimmer ungewöhnlich geräumig, und hatten alle hinter der breiten Fensterfront einen großen Balkon. Der Blick ging auf eine unaufgeregte Landschaft hinaus. Weite Wiesenflächen, auf denen in den anderen Jahreszeiten die Schafe grasten, waren jetzt mit frischem weißen Schnee (schneeweißem Schnee eben) bedeckt.

«Ist dir schon mal aufgefallen, wie schnell der Schnee in der Stadt schmutzig wird?» fragte Hannelore, als sie fröstelnd auf dem Balkon standen.

Bienzle machte nur «Mhm». Er war von einem wunderbaren traulichen Gefühl eingehüllt. Mit dieser Landschaft war er eins. In leichten, kaum wahrnehmbaren Wellen schwang die Weide zu einem Waldrand hinauf. Die Tannen standen scharf gezackt vor dem graublauen Abendhimmel. Die Sonne war untergegangen, aber noch immer lag ein klares Licht über der Landschaft. Ein Weg, der von der schmalen, schnurgeraden Landstraße abzweigte und in gleichmäßigen Schwüngen in den Wald hineinführte, war, wie hier üblich, mit zerkleinerten gelblichen Kalksteinen gekiest und erschien deshalb wie ein pastellfarbenes Band im bläulichen

Schnee. Es paßte zu den Leuten hier oben, daß sie sogar den Feldweg vom Schnee geräumt hatten. Stolz hatte die Wirtin schon am Telefon gesagt: «Wegen den Straßen machen Sie sich mal keine Sorgen. Hier wird besser g'räumt als in jeder Großstadt, schließlich verstandet onsere Leit was davo!»

«Gehen wir was essen?» fragte Bienzle.

«Ja, was denkst du, ich hab einen Bärenhunger.» Auch Hannelore fühlte sich so wohl wie schon lange nicht mehr, wenn sie es auf Fragen Bienzles auch kaum zugegeben hätte.

Die Gaststätte war im vorderen Teil, wo die Theke stand, noch eine richtige Bauernwirtschaft. Dahinter befanden sich zwei größere Räume, die so aussahen, wie sich der schwäbische Wirt ein besseres bürgerliches Lokal vorstellte: die Tischdecken rosafarben, rustikale schwere Stühle, geraffte Vorhänge an den Fenstern, an den Wänden dekorative Strohsträuße. Auf jedem Tisch eine Kerze in einem schmiedeeisernen Kerzenständer.

Bienzle liebte den vorderen Teil mit seinen massiven Holztischen, um die herum Bänke liefen und deren Platten, hell geschrubbt, ein Tischtuch nicht gestanden hätte.

Hannelore studierte die Speisekarte. Bienzle schüttelte den Kopf. Einer der Söhne oder Schwiegersöhne des alten Wirts hatte irgendwo draußen in der Welt gelernt, und jetzt kochte er Sachen wie Chili con Carne, indisches Reisfleisch an Curryrahm und Lachsmaultaschen. «Bestell einen Wurstsalat oder a warms Ripple mit Kartoffelsalat, da bist auf der sicheren Seite», sagte er zu Hannelore. «Oder einen Rostbraten, an dem und an der Flädlessupp erkennt man sofort, was a Küche taugt!»

Hannelore bestellte gemischten kalten Braten, Bienzle eine Flädlessuppe und danach einen Rostbraten. Die Suppe war mit einer echten Brühe gemacht, der man das Fleisch und die Markknochen noch anmerken konnte, und sie enthielt sogar die richtigen Kräuter samt einer unaufdringlichen Knoblauchzugabe. Der Rostbraten hatte noch den Fettrand, den er braucht, und war gerade soweit durchgebraten, daß er nicht hart oder zäh war – «*welldone*, wie der Engländer sagt», gab Bienzle zum besten und schämte sich gleich ein wenig, daß er so weltläufig tat.

Sie tranken dazu einen Grantschener Riesling. «Nichts Besonderes, aber ein grundehrlicher Wein», sagte Bienzle.

Und die ganze Zeit vermieden sie es, über ihr Problem zu reden. Erst als sie dem Wirt gute Nacht gesagt hatten und über den Hof zum Gästehaus gingen, meinte Hannelore: «Eigentlich geht das alles nicht.»

«Ich find, daß bis jetzt alles prima gegangen ist», sagte Bienzle. Er sah zum Himmel hinauf. Es war eine klare Nacht. «Schau mal, wie nah die Sterne sind», sagte er.

Hannelore nahm mit beiden Händen Schnee auf, um einen Schneeball zu formen, aber der Schnee war zu leicht, zu pulvrig. «Ich bin so fest entschlossen gewesen, mein eigenes Leben zu leben.» Es klang fast ein bißchen verzweifelt.

«Aber dazu könnt doch auch gehören, daß du mit mir nach Lonsingen auf die Schwäbische Alb fährst ...»

«Wie bitte?»

«Du hast das beschlossen, und ich bin dir gefolgt, obwohl ich in einem, eigentlich in zwei Fällen stecke, die meine Anwesenheit in Stuttgart zwingend erfordern.»

«Wirklich?»

«Ja, sicher.»

«Und?»

«Ich find's wichtiger, daß wir jetzt hier sind.»

«Das ist nicht dein Ernst!»

«Auch in meinem Alter ist man nicht davor sicher, daß man noch was lernt und a bißle klüger wird!»

Hannelore schaute ihn an. Dieser Kerl! Dieser raffinierte

Kerl mit seinem schwäbischen Hintersinn. Nie wußte man, ob er wirklich meinte, was er sagte. «Ich glaub dir kein Wort», sagte sie.

«Bin ich hier oder nicht?»

Plötzlich erklang Musik. Ein langsamer Walzer: «Ich tanze mit dir in den Himmel hinein».

«Was ist denn das?» fragte Hannelore.

«Im Saal ischt a Hochzeit, hat der Wirt g'sagt. Er hat sich entschuldigt, weil's vielleicht noch a Weile a bißle laut sein könnt.»

Der Saal war im Erdgeschoß des Gästehauses. Manchmal fänden da auch Managerschulungen statt, hatte der Wirt Bienzle erzählt. Erst neulich hatte es eine zum Thema: «Lerne, der Beste zu sein und dennoch geliebt zu werden» gegeben. Darüber hatte der Wirt herzlich lachen müssen. «Und dafür zahlet die au no Geld!» hatte er gesagt. «Aber: 's ischt koiner so domm, es lauft emmer no a Dümmerer rom!»

«Und was sind das für Leut, die da teilnehmen?» hatte Bienzle gefragt.

«Solche gibt's heutzutag gnueg», hatte der Wirt geantwortet. «Manch oiner kommt halt zu ällem Möglicha, bloß net zu sich selber!»

Bei solchen Gesprächen wurde es Bienzle warm ums Herz.

Als sie das Gästehaus betraten, kam der Brautvater vom Klo. Er war nicht mehr nüchtern. «Ich kenn Sie», sagte er.

«Des muß a Verwechslung sein», sagte Bienzle und wollte das Treppenhaus hinauf.

«Bleib halt stande!» sagte der Brautvater. «A hübsche Frau hast.»

«Ich kenn Sie nicht, also duzen Sie mich auch nicht», knurrte Bienzle ungnädig.

«Das Du nehmen wir auf den Alkohol», sagte der andere, «aber daß ich Sie net kenn, wär g'loga!»

Hannelore hatte sich auf die dritte Treppenstufe gesetzt und hörte amüsiert zu. «In was man mit dir immer reinkommt, Bienzle!»

«Wieso ‹reinkommt›, ich kenn den Herrn nicht.»

«Nicht als Brautvater», sagte der, «aber als Revierleiter des Polizeipostens Bad Urach!»

«Oh, du liabs Herrgöttle von Biberbach, wie hent die d'Mucka verschissa!» entfuhr es Ernst Bienzle. Das hatte man davon, wenn man sich immer wieder dazu rumkriegen ließ, auf Lehrgängen Vorträge zu halten! Bienzle kramte hektisch in seinem Gedächtnis. Im Hintergrund spielte die Drei-Mann-Kapelle inzwischen den Tango «Na comparsita», auch bekannt als «Hernandos Hideway».

«Säger?»

Der Brautvater schüttelte den Kopf.

«Löpfer», versuchte es Bienzle.

«Hammer! Guntram Hammer.»

Bienzle schlug sich mit der flachen Hand gegen die Stirn. «Ja freilich!»

«Und jetzt kommet Sie mit und gratulieren dem Brautpaar!»

Da gab's keinen Widerspruch, zumal Bienzle das Gefühl hatte, daß Hannelore sich schon seit ein paar Minuten nichts sehnlicher wünschte.

Und so kam es, daß Bienzle, der eine Ansammlung von mehr als drei Leuten von Natur aus als polizeilich zu zerstreuenden Massenauflauf betrachtete, nicht nur die Braut, die Brautmutter und die Schwiegermutter küssen mußte. Er hatte auch einen lauwarmen Sekt zu trinken, und schließlich mußte er noch einen Walzer mit der jungen Braut tanzen. Bienzle war musikalisch, und deshalb war er auch ein guter

Tänzer. Nach anfänglichen Hemmungen ließ er sich von der Musik tragen, die gar nicht so schlecht gespielt war. Immer runder und eleganter wurden seine Bewegungen, immer schwungvoller seine Drehungen, auch linksherum, wie die Damen im Saal voller Bewunderung konstatierten. Schließlich klatschte ihn Hannelore ab, nicht um ihn zu schonen, sondern um die nächsten fünf Runden mit ihm zu tanzen. Und als kurz vor Mitternacht die Kapelle das spielte, was man in Bienzles Jugend einen «Halbzweier» genannt hatte, einen Tanz, bei dem man sich anschmiegte und nur noch ganz wenig bewegte, grub Hannelore ihr Gesicht in seine Halsbeuge und sagte leise: «Manchmal ist es doch schöner mit dir als ohne dich.»

Das sagte sie dann eine Stunde später noch mal. Sie hatten sich geliebt, unaufgeregt, zärtlich und so intensiv wie am ersten Tag.

Bienzle zitierte Hannelore frei: «Ja, so ist das mit der Liebe: Immer findet der Verstand erst im nachhinein mühsame Erklärungen für Empfindungen, die schon alles entschieden haben, bevor sich das erste Argument einstellt.»

«Werd jetzt bloß nicht größenwahnsinnig», sagte Hannelore.

29

Als Hannelore am anderen Morgen zu sich kam, lag Bienzle auf dem Rücken, die Arme unter dem Kopf verschränkt, und schaute mit gefurchter Stirn zur Zimmerdecke hinauf. Er merkte nicht, daß sie die Augen geöffnet hatte, aber nach einer Weile fühlte er, daß sie ihn ansah.

«Probleme?» fragte Hannelore, als er sich ihr zuwandte.

«Ich hab an den Piet Michalke gedacht.»

«Den Boxer?»

«Hmhm. Wenn der bloß in nix Dumms neilauft!» Doch dann schüttelte er die Gedanken ab und stieg aus dem Bett.

Hannelore sah ihm verstohlen zu. Er war schlanker geworden in letzter Zeit, aber auch muskulöser. «Treibst du neuerdings Sport?» fragte sie.

Bienzle wiegte den Kopf. «Sport würd ich das net grad nennen. Manchmal geh ich ins Mineralbad schwimmen, manchmal lauf ich a bißle im Wald.»

«Sport ist Mord, und mit Mord hab ich auch so schon genug zu tun», zitierte ihn Hannelore.

«Ah, was geht mi mei saudomms G'schwätz vom letzten Jahr an!»

Sie frühstückten lang und ausgiebig. Draußen vor den Panoramafenstern glitzerten die Schneekristalle. Erste Langläufer zogen ihre Bahnen. Ein Vater schleppte einen Schlitten mit drei fröhlichen Kindern über die Albhochfläche, ein Segelflugzeug glitt dicht über den Waldsaum hinweg.

Eine halbe Stunde später zogen auch Hannelore und Bienzle auf ihren Langlaufskiern los. Schon bald wurden ihre Bewegungen gleichmäßiger. Unwillkürlich paßte sich

Hannelore Bienzles Rhythmus an. Als sie es merkte, versuchte sie trotzig, einen eigenen zu finden, aber das kam ihr nach einer Weile doch albern vor. Sie lachte.

Bienzle wandte sich um. «Was ist?»

«Nichts», log Hannelore und merkte, wie sie von einer warmen Welle der Zuneigung erfaßt wurde.

Die Loipe schwang sich in sanften langgezogenen Schwüngen an einem Bach entlang, an dessen Rändern Steine, Äste, Zweige und Gräser von spiegelndem Eis ummantelt waren. Da es ganz leicht bergab ging, kamen sie ohne viel Kraftaufwand gut voran. Schließlich erreichten sie Ofenhausen. Bienzle hatte den Ort bewußt angesteuert, denn nirgendwo aß man in dieser Gegend auf der Schwäbischen Alb besser als im hiesigen Gestütsgasthof. Neben der Eingangstür hing ein Thermometer. Zwölf Grad minus. Die Sonne und die Bewegung hatten ihnen nicht bewußt werden lassen, wie kalt es war.

Sie aßen einen Lammrücken in Senfkruste, Stampfkartoffeln und Rosenkohl. Hannelore sah Bienzle ins Gesicht. «Erzähl, wenn du magst.»

Bienzle nickte. «Der Michalke hat gesehen, wie zwei Männer etwas auf einen Pickup verladen haben. Nachts. Das Etwas könnte die Leiche des Bankdirektors Gerald Wanner gewesen sein. Einer der beiden war Jan Conrad Riewers, genannt Jaco.»

«Und der andere?» fragte Hannelore.

«Vielleicht Rico Rottmann. Dem gehört das Boxcamp, in dem Michalke wohnt.»

Hannelore bohrte weiter. Es war ihr altes Spiel. «Was hätte Jaco Riewers für ein Interesse daran, diesen Bankdirektor umzubringen?»

«Vielleicht hat er's für Geld gemacht. Wanner hat Oskar Frank gelinkt, genauer: Er hat *versucht*, ihn zu linken.»

«Und dafür mußte er sterben? Bienzle, wir sind doch nicht in Palermo!»

«Erst neulich wurde in München ein Wirt umgebracht, weil er das Lokal übernommen hatte, das ein anderer haben wollte. Er wurde von zwei Killern kaltblütig erschossen. Alle Beteiligten waren Deutsche.»

«Und du meinst, Riewers hat so einen Job übernommen?»

«Jacos Chef war Rico Rottmann. Und der steht auf der Lohnliste von Frank. Inzwischen wurde auch Jaco Riewers erschossen.»

«Und von wem?»

Bienzle schob den Teller von sich. «Von dem Mann, der Michalke die Waffe unter die Matratze geschoben hat.»

«Aber du hast doch erzählt, der Michalke sei praktisch nie weggegangen, er hätte sich abends immer nur seine Box-Videos angeguckt. Und manchmal sei der Rottmann zu ihm raufgekommen. Also …?»

Bienzle schlug krachend mit der Faust auf den Tisch, daß die Teller hochsprangen und die anderen Gäste indigniert herüberschauten. «Ich Idiot! Dieser Rottmann! Das muß man zu Ende denken: Was wär denn passiert, wenn ich nicht nachgewiesen hätte, daß Michalke Riewers unmöglich erschossen haben kann? Kein Richter hätte ihn verknackt! Mit dem sei'm Hirnschaden. Den paukt noch der letzte Anwalt wegen Unzurechnungsfähigkeit raus.»

«Und du meinst, das hat Rottmann einkalkuliert?»

«Zuzutrauen wär's ihm!»

«Hast du nicht erzählt, der sei wie ein Vater für Piet Michalke?»

«Ja, aber ist Michalke für Rottmann auch wie ein Sohn?»

«Ich weiß nicht, warum du dich so aufregst.»

«Piet Michalke hat einen Hirnschaden, er erinnert sich nicht an Dinge, die er in letzter Zeit erlebt hat. Dazu gehört auch seine Beobachtung der Männer, die etwas verladen haben.»

«Ja und?»

«Ich hab ihn unter Hypnose setzen lassen, da kamen die Erinnerungen bruchstückhaft zurück. Bestimmt hat er Rico Rottmann davon erzählt.»

Gächter saß um diese Zeit im Büro und hatte fast die gleiche Gedankenkette geknüpft wie Bienzle, als die Polizeiobermeisterin Schneider hereinkam. «Ich hab was für euch.»

«Noch'n Pickup kurz vor Polen?»

«So was in der Art.» Sie legte ein Foto auf den Tisch wie eine Trumpfkarte beim Skat. Gächter beugte sich darüber. Auf dem Bild war ein Mercedes mit Waiblinger Nummer zu sehen, der offenbar zu schnell gefahren und deshalb geblitzt worden war. Dahinter sah man, angeschnitten, einen Pickup des gleichen Typs, wie Rottmann ihn gefahren hatte, ehe er Richtung Polen verschwunden war. Am Steuer war Jaco Riewers zu erkennen, daneben Rico Rottmann. Auf dem Foto war die Uhrzeit einkopiert: 2 Uhr 45 – zirka 30 Minuten nach dem Todeszeitpunkt Gerald Wanners.

«Fast so gut wie ein Zeuge», sagte POM Schneider.

«Wir haben einen Zeugen, bloß erinnert der sich nicht richtig.»

«Kann sich ja ändern», sagte die Kollegin obenhin.

Gächter starrte die Obermeisterin einen Augenblick an.

«Was ist denn?» fragte sie.

«Das ist das Problem, Schätzchen, er *könnte* sich erinnern. Und das weiß auch Rottmann!»

«He, Sie Chauvi, nennen Sie mich nicht Schätzchen, das erlaub ich nicht mal meinem Freund!»

«Jetzt muß der Bienzle her!» sagte Gächter mit Nachdruck.

Und so kam es, daß Bienzle und Hannelore eine wichtige Nachricht erwartete, als sie in den Grünen Baum zurückkamen.

Bienzle sah Hannelore an. Das war genau so eine Situation, wie sie sich in den letzten Jahren gehäuft hatten – und einer der Gründe, warum Hannelore ihre Koffer gepackt hatte und aus der gemeinsamen Wohnung ausgezogen war.

Sie lächelte ihn an. «Wir hatten einen wunderschönen Freitagabend, sogar mit einer Hochzeit. Und fast einen ganzen Samstag. Zahl die Rechnung, wir fahren. Ich hab auch noch eine Menge zu tun.»

Da war es sechs Uhr nachmittags.

Über Stuttgart wölbte sich ein hoher, heller Himmel. Als sie die Neue Weinsteige hinunterfuhren, sah die Stadt wie verzaubert aus. Der Schnee auf den Dächern war noch ziemlich weiß, und auf den Höhen bekränzten die Winterwälder die in der Kuhle hingekuschelte Stadt, deren Lichter anheimelnd glitzerten und blinkten.

Bienzle stoppte den Wagen vor dem Haus, in dem Hannelore jetzt wohnte. Sie blieben noch einen Moment sitzen.

«Wir könnten uns eine größere Wohnung suchen», sagte Bienzle.

«Mir gefällt's ganz gut hier.»

«Aber ich hab gedacht …»

Hannelore beugte sich zu ihm herüber und verschloß ihm mit einem Kuß die Lippen. Danach sagte sie: «Es eilt doch nicht.»

Kurz vor sieben Uhr fuhr Bienzle in die Taubenheimstraße ein. Und da fiel sein Blick auf eine Plakatwand: «Großkampftag in der alten Reithalle.» Schräg über das Plakat war eine Banderole in einer grellroten Leuchtfarbe geklebt: «Das Comeback des Jahres: Piet Michalke gegen Tom

Whiteman». Bienzle trat auf die Bremse, der Wagen rutschte. Ein Autofahrer hinter ihm schaffte es gerade noch, auszuweichen und an Bienzles Wagen vorbeizuschlittern. Was er in so seinem Zorn rief, konnte Bienzle nicht hören. Nach der Lippenstellung hätte es «Idiot» sein können. Und Bienzle konnte ihm da nicht widersprechen.

Bienzle stürmte ins Büro. «Hast du das gesehen?»

«Wenn du mir sagst was, geb ich dir eine Antwort», brummte Gächter, der am Computer saß und die Ermittlungen des Tages in einem Bericht zusammenfaßte.

«Piet Michalke boxt!»

«Was?? Woher weißt du das?» Gächter war aufgesprungen.

«Steht auf jedem Plakat.»

«Ich hab den ganzen Tag das Büro nicht verlassen.»

«Ich kann mir nicht vorstellen, daß da ein Arzt die Hand dazu gegeben hat.»

Gächter hatte bereits seinen Mantel aus dem Schrank geholt. «Fahren wir hin.»

Auf dem Weg zum Parkplatz sagte Bienzle: «Jetzt, wo wir wissen, daß der Rottmann mit der Ermordung Wanners zu tun hat ...»

«... und daß Michalke das womöglich beobachtet hat ...», warf Gächter ein.

«... ein harter Schlag gegen seinen Kopf, und der letzte Fetzen Erinnerungsvermögen ist auch noch zerstört ...»

«Auch eine Art, einen Zeugen zum Schweigen zu bringen», meinte Gächter. «Ich fordere mal Verstärkung an, ja?»

30 Der Zuschauerraum in der alten Reithalle füllte sich. Fotografen kämpften um die besten Standorte. Das Punktgericht erschien und nahm die Plätze ein. Fernsehteams, die auf der Galerie plaziert worden waren, leuchteten die Szene aus. Am Rand des Rings hatte eine alte Malerin ihre Staffelei aufgebaut. Sie war bei jedem Boxkampf dabei und malte mit fliegendem Pinsel Kampfsituationen. Die Bilder konnte man kaufen, noch ehe die Farbe trocken war. Die alten Hasen aus der Sezene standen draußen in der Vorhalle an Tischen, tranken Bier und führten ihre Begleiterinnen vor. Man begrüßte sich, indem man sich kernig-männlich umarmte oder die flachen Hände gegeneinanderschlug, und man verabredete sich zu nächtlichen Pokerspielen nach den Kämpfen. In einem kleinen Raum hinter der Bar nahm ein Zocker Wetten an. Und überall war das Gesprächsthema Piet Michalkes überraschendes Comeback. Man war sich einig, daß Rico Rottmann da ein klasse Coup gelungen war. «Gerade noch zur rechten Zeit», wie der Promoter Rust meinte, «noch ein halbes Jahr, und Piet Michalke wäre vergessen gewesen.» Die Insider waren sich auch einig, daß Rottmann seinen Schützling nicht gebracht hätte, wenn der nicht topfit wäre. «Und wenn Michalke topfit ist», dröhnte Rust, «dann hat kein Gegner eine Chance.»

Von drinnen erklang die Fanfare. Die alten Hasen rührte das nicht. Jetzt marschierten die Kämpfer auf, die Girls im Bikini präsentierten die Fahnen der Nationen, aus denen die Kämpfer und die Ringrichter stammten, und die Meistergürtel, um die an diesem Abend gekämpft wurde. Der Sprecher nannte die Sponsoren. Alles tausendmal gesehen. Die alten

Hasen würden ihre Biertische erst verlassen, wenn der Gong zur ersten Runde des ersten Kampfes erklang. Da allerdings würden sie alle präsent sein, denn im ersten Kampf trat Piet Michalke gegen Tom Whiteman an. Dieser Engländer war kein Fallobst, da waren sich die Experten einig. Er hatte den Franzosen Gallibier in der dritten Runde ausgeknockt, und Gallibier war ein harter Brocken.

Aus der Halle war die Stimme des Sprechers zu hören: «Und nun, meine Damen und Herren, der erste Rahmenkampf. Und der bietet Ihnen gleich eine Riesenüberraschung. Eine Sensation: das überraschendste Comeback, seit George Forman seinerzeit in den Ring zurückgekehrt ist. Er wird antreten gegen Tom Whiteman, Großbritannien …»

Gellendes Pfeifkonzert. Whiteman schritt durch die enge Gasse von der Kabine zum Ring, begleitet von den voluminösen Klängen der Hymne «Rule Britannia». Der Engländer quittierte die Pfiffe mit einem Raubtierlächeln und reckte seine Fäuste zu einer Siegerpose hoch.

Der Sprecher hob die Stimme: «Profi seit 1996, vierunddreißig Kämpfe, einundzwanzig Siege, davon elf durch k. o., neun Unentschieden und vier Niederlagen, aber die liegen lange zurück.»

Die Musik verklang, das Pfeifkonzert ebbte ab. Einen Augenblick kehrte gespannte Ruhe ein. Dann legte der Sprecher los: «Und nun der Mann, der heute zurückkehrt und seinen ersten Kampf seit langer Zeit bestreiten wird: Sie kennen ihn alle …»

Piet Michalke erschien an der Tür zur Kabine. Er trug einen flauschigen blauen Mantel mit einer riesigen Kapuze. Rico Rottmann stand neben ihm und hatte einen Arm um die Hüfte des Boxers gelegt. Leise sagte Piet: «Rico, das werd ich dir nie vergessen!»

Das Bild der beiden erschien jetzt groß auf der Videowand, die hoch über dem Ring schräg unter der Decke hing. Beifall rauschte auf. Rico faßte Piet an beiden Armen und spuckte ihm dreimal über die Schulter. Auch das sah das Publikum auf der Leinwand. Jubel brandete auf.

«Vergiß nicht, Alter, du bist der Größte», flüsterte Rico dem Boxer ins Ohr.

«Ich werd dich nicht blamieren, Rico!» sagte Piet.

«Das weiß ich, Piet, das weiß ich doch!» antwortete Rico mit erstickter Stimme.

Dann wieder überlaut der Sprecher: «Sechsundzwanzig Profikämpfe, fünfundzwanzig davon gewonnen. Sechzehn durch k. o. Eine Niederlage, an die wir uns alle noch erinnern.»

Die Straßen waren leer, aber da die Temperaturen erneut gefallen waren, war die Fahrbahn wieder überfroren. Gächter hatte das Blaulicht aufs Autodach gehauen und fuhr im Stil eines Rallye-Piloten. Zwei Fahrzeuge mit Kollegen der Schutzpolizei hatten Mühe mitzuhalten.

Ein Sänger war mit einem Mikrophon in der Hand in den Ring getreten. Rico Rottmann hatte damals einen speziellen Song für Piet in Auftrag gegeben, zu dessen Aufführung es aber wegen des Ringunfalls nie gekommen war. Jetzt kündigte der Sprecher an: «Meine Damen und Herrn, eine Weltpremiere. Ein Lied für Piet Michalke, ein Geschenk seines Promoters Rico Rottmann, geschrieben von Hajo Gragnato, interpretiert von Ron Sterlone!»

Aus den Lautsprechern röhrte der Sound, und der Sänger hob an:

Es gibt nur diesen Ring, das Licht der grellen Spots.
Die Schläge peitschen Schweiß und Rotz.
Deckung! Die Fäuste hoch, mehr hörst du nicht.
Du schlägst, du nimmst.
Du hoffst, daß nicht zuerst dein Wille bricht.
Am Ende tragen sie dich hinaus,
ob auf den Schultern
oder Füße voraus.
Fighter – dein Kampf beginnt
Fighter – Schlag um Schlag
Fighter – dein Blick verschwimmt
Fighter – vier Meter im Quadrat.
Die Schläge kommen dicht. Die Welt ist lauter Schmerz.
Der Trainer brüllt: Nimm dir ein Herz.
Ich bin verloren, es hat keinen Zweck,
ausgepowert
bin ich, ganz weit weg.
Am Ende tragen sie dich hinaus,
ob auf den Schultern
oder Füße voraus.
Fighter – dein Atem streikt
Fighter – der Geschmack von Blut
Fighter – du hast's vergeigt
Fighter – und dann die große Wut.
Noch einmal holst du Luft. Du kämpfst dagegen an.
Jetzt keinen Niederschlag, denn du krepierst daran.
Die nächsten Schläge treffen punktgenau,
er schwankt, er fällt,
dein Gegner ist knockout.
Fighter – auch wenn du verlierst
Fighter – Schlag um Schlag
Fighter – du triumphierst
Fighter – an einem andern Tag!

Piet Michalke hatte nichts von dem Lied gewußt. Ein kalter Schauer lief über seinen Rücken, als er nun durch die Seile stieg, empfangen von den Beifallsstürmen der Menge.

Rico Rottmann ging zu seinem Platz in der ersten Reihe dicht unter der Ringkante. Er kam dabei an der Loge vorbei, in der Oskar Frank mit ein paar Geschäftsfreunden saß. Frank würdigte Rico keines Blickes.

Otto Pahlke nahm den Hocker und den Eimer aus dem Ring und gab seinem Schützling Piet einen aufmunternden Klaps.

Der Ringrichter rief die Kämpfer zu sich, überprüfte die Handschuhe, ermahnte die Boxer zur Fairneß und gab den Ring frei für die erste Runde. Der Gong ertönte. Nun nahmen auch die abgebrühtesten Zuschauer ihre Plätze ein.

Der zivile Dienstwagen stoppte schlitternd. Bienzle sprang heraus, noch bevor das Fahrzeug ganz zum Stehen gekommen war. Hinter ihm kamen nun auch die Polizeifahrzeuge an. Bienzle stürmte in die alte Reithalle.

Whiteman boxte vorsichtig. Er hatte die Videos von Piet Michalkes früheren Kämpfen studiert, und schon beim ersten Abtasten merkte er, daß sein Gegner bestimmt nicht schwächer oder langsamer geworden war. Michalke landete eine geschickte Schlagkombination. Whiteman antwortete mit einem Haken gegen Piets Kinn.

Rottmann sprang auf und schrie: «Mensch, paß auf deine Deckung auf! Deckung oben halten! Du sollst die Deckung oben halten!»

Befremdet schaute Otto-Otto aus der Ringecke zu Rottmann hinüber, dessen Gesicht zu einer angespannten Grimasse verzogen und schweißüberströmt war.

Es war kaum ein Durchkommen für Bienzle. Er mußte sich auf seinem Weg zur Boxhalle an jeder Tür ausweisen und mindestens einem Dutzend Menschen erklären, daß er ihnen keine Auskunft darüber geben müsse, was er wolle. Schließlich erreichte er den Halleneingang, in den sich mindestens dreißig Menschen verkeilt hatten, die keine Plätze mehr bekommen hatten und nun versuchten, den einen oder anderen Blick auf den Kampf zu erhaschen.

In der Halle verkündete die Sprecherstimme: «Ring frei zur dritten Runde.»

Piet hatte die ersten beiden Runden klar für sich entschieden. Seine Treffer kamen genauer als die des Gegners. Vor allem aber war er dank seiner überragenden Beinarbeit so schnell auf den Füßen, daß er sich bei jedem gegnerischen Schlag rechtzeitig aus Whitemans Reichweite bringen konnte.

Aus der Ringecke hörte er Otto-Ottos Stimme: «Nicht leichtsinnig werden, Piet, weiter decken. Halt ihn auf Distanz. Ja, die Gerade bringen ... und noch mal ... Ja, jawoll, nachsetzen, dranbleiben ...»

Piet hörte auf Otto Pahlke. Immer wieder stach er die linke Gerade heraus. Jetzt traf er mit einem nachfolgenden rechten Haken Whitemans Stirn knapp über dem Auge. Die Haut platzte auf. Blut rann dem Briten in sein rechtes Auge. Als Piet dies wahrnahm, war er für einen Moment unaufmerksam. Whiteman schlug wütend einen Schwinger, und der traf Piets Jochbein. Piet Michalke wurde es schwarz vor Augen. Dieser Blutgeschmack im Mund. Genau wie damals. Er brach in die Knie und fiel dann nach vorne aufs Gesicht. Sein Mundschutz rutschte heraus und kullerte ein Stück über den Ringboden.

Das Publikum, das bei seinem letzten Treffer noch begeistert aufgejubelt hatte, verstummte. Jeder sah, daß das kein einfacher Niederschlag war.

Reglos lag Piet Michalke im Ringstaub.

Bienzle schob rüde zwei Männer zur Seite und eilte durch den Gang. Rico Rottmann war aufgesprungen. Der Ringrichter zählte. Whiteman war in seine Ringecke gegangen. Er reckte im Gefühl des sicheren Sieges beide Fäuste nach oben, ließ sie dann aber ganz langsam wieder sinken, als er sah, daß Michalke auch nach dem «Neun – zehn – aus!» des Ringrichters nicht aufstand.

Rico kroch durch die Ringseile und ging neben Piet in die Knie. Dann schrie er: «Arzt, Sanitäter, eine Trage, schnell!»

Langsam öffnete Piet die Augen. Mühsam brachte er hervor: «Rico, ich hab's doch nicht gepackt.»

«Du bist großartig gewesen, Piet!»

Piet Michalke wollte noch etwas sagen, aber Rico kam ihm zuvor: «Nicht sprechen, Piet, jetzt nicht sprechen. Wir kriegen das wieder hin. Wir haben doch immer alles miteinander wieder hingekriegt.» Tränen liefen über seine Wangen.

Jetzt waren die Sanitäter heran. Piet wurde aus dem Ring gebracht. Rottmann blieb dicht bei ihm. An der Tür zur Kabine stand Ernst Bienzle. Er folgte der Trage. Hinter sich schloß er die Tür. In dem kahlen Raum, an dessen Wänden Bänke entlangliefen und der ansonsten lediglich mit einer Massageliege und einer Personenwaage eingerichtet war, befanden sich jetzt außer Michalke nur Rico Rottmann, zwei Sanitäter, der Ringarzt und Bienzle.

Von draußen hörte man, wie der Hallensprecher den nächsten Kampf ansagte.

Rico Rottmann saß, die Beine leicht ausgestellt, auf einer Bank. Er hatte die Ellbogen auf die Knie gestützt und das Gesicht in den Händen vergraben. Ein Schluchzen schüttelte seinen ganzen Körper.

Der Ringarzt richtete sich auf. «Es ist vorbei ...» Mit behutsamen Fingern schloß er Piet Michalkes Augenlider.

Bienzle sagte: «Rigobert Rottmann, ich verhafte Sie wegen des Verdachts, Gerald Wanner, Jan Conrad Riewers und Peter Michalke ermordet zu haben!»

Rico nahm die Hände vom Gesicht und starrte Bienzle an. «Peter Michalke? Piet?? Sie sind ja verrückt!»

«Wir werden's Ihnen beweisen. In allen drei Fällen», sagte Bienzle ruhig.

«Aber doch nicht Piet!»

«Er hatte Sie und Riewers beobachtet. Seine Erinnerungen kamen Stück um Stück wieder. Sie mußten damit rechnen, daß er Sie verraten würde. Sie konnten ja nicht wissen, daß wir Ihnen inzwischen auch ohne Zeugenaussage beide Morde lückenlos beweisen können. Michalke war ein sinnloses Opfer!»

Rico Rottmann starrte den Kommissar aus ungläubigen Augen an. Dann sagte er leise: «Ich wollte doch nicht, daß er stirbt.»

«Sie haben es billigend in Kauf genommen», sagte Bienzle. «Kommen Sie, Herr Rottmann.»

Rico Rottmann wandte sich zu der gekalkten Mauer. Bienzle merkte zu spät, was er vorhatte. Ein Schuß fiel, Blut spritzte über die weiße Wand. Rico Rottmann rutschte an der Mauer hinab. Er hatte sich in die Stirn geschossen.

Beide Mordfälle waren geklärt. Die Justiz mußte nicht weiter bemüht werden. Bienzle empfand das Ende der Ermittlungen als schwere Niederlage. Ohne Rottmanns Aussage hatte er nicht einmal etwas gegen Oskar Frank in der Hand. Er lehnte Gächters Angebot ab, ihn nach Hause zu fahren. Durch die klirrend kalte Nacht ging er langsam durch die Straßen. Der vereiste Schnee knirschte unter seinen Schuhen.

Bienzle wischte über seine Wange und stellte fest, daß eine seiner Tränen zu Eis erkaltet war.

Als er die Tür zu seiner Wohnung aufschloß, roch es nach Kaffee. Mitten in der Nacht. Hannelore konnte sich bis zu sieben Tassen Espresso machen, wenn sie arbeitete. Er fand sie an ihrem alten Arbeitstisch.

«Wenn ich an größeren Formaten arbeite, brauche ich Platz, und den hab ich in meiner Wohnung nicht. Es ist nur vorübergehend», sagte sie.

Aber das glaubte Bienzle nicht.

Felix Huby

Ernst Bienzle, mit Brille, Phlegma und Bauchansatz, mit einer Schwäche für Sauerbraten mit Spätzle und Soße, Kriminalkommissar und Leiter der Stuttgarter Mordkommission, verheiratet, ein Häuschen am Stadtrand ... Mit dieser Figur des schwäbischen Gemütsmenschen ist **Felix Huby**, ehemaliger Spiegel-Korrespondent, mittlerweile erfolgreicher Drehbuchautor, einer der bekanntesten deutschen Kriminalautoren geworden.

Bienzle stochert im Nebel
(thriller 42638)
Oberflächlich betrachtet tut Hauptkommissar Bienzle nichts: Er fragt ein bißchen, er redet ein bißchen und hört zu ...

Bienzle und die schöne Lau
(thriller 42705)
Einen Mörder, der sich beim Mordanschlag selbst ermordet, hat es in Bienzles Laufbahn noch nicht gegeben ...

Bienzles Mann im Untergrund
(thriller 42768)

Bienzle und das Narrenspiel
(thriller 42872)
Männer, Frauen und Kinder in den buntesten Kostümen tanzen durch die Straßen – und ein ausgebrochener Sträfling, der Rache nehmen will ...

Bienzle und der Sündenbock
Kriminalstories
(thriller 42958)

Gute Nacht, Bienzle
(thriller 43066)

rororo thriller

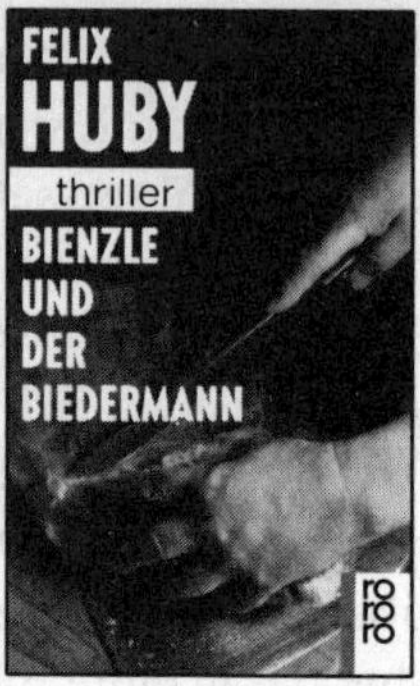

Bienzle und der Biedermann
(thriller 43077)
Fleisch, dessen Verfallsdatum kurz bevorsteht, wird in die Ostländer transportiert. Man macht Profit und kassiert Subventionen ... Kein leichter Fall für Bienzle.

Ach wie gut, daß niemand weiß ...
(thriller 42446)

Der Atomkrieg in Weihersbronn
(thriller 42411)

Sein letzter Wille
(thriller 42499)
Optiker Kissling kämpft gegen die Baumafia in seiner Kleinstadt – bis er eines Morgens mit einem Genickschuß tot gefunden wird ...

Schade, daß er tot ist
(thriller 42584)
«... der beste Huby, der bisher erschienen ist.»
FAZ-Magazin

3011/4